The Womanizer

SEXSÜCHTIG!

(M)EINE FRAU IST NICHT GENUG

AF273541

The Womanizer

SEXSÜCHTIG!

(M)EINE FRAU IST NICHT GENUG

Bibliografische Informationen der Deutschen Nationalbibliothek
Die Deutsche Nationalbibliothek verzeichnet diese Publikation in der
Deutschen Nationalbibliografie; detaillierte bibliografische Daten sind
im Internet über dnb.dnb.de abrufbar.

2. Auflage
Copyright © The Womanizer 2017

Printed in Germany

ISBN 978-3-8482-0035-1

Herstellung und Verlag: BoD – Books on Demand, Norderstedt

SEXSÜCHTIG!

(M)EINE FRAU IST NICHT GENUG

The Womanizer

Inhaltsverzeichnis

Meine Frau Andrea 7

Unser Erster Sex 8

Isabel 9

Andrea, Ich Liebe Dich 13

Unser erster Urlaub / Simone Pt. I 14

Carmen 22

Melly Pt. I 25

2 Jahre Liebe 36

Sandy 37

Samira 40

Zukunftsplanung 44

Liebesurlaub In Spanien / Simone Pt. II 45

3 Jahre Liebe 50

Michèle 51

Zusammenzug 59

Melly Pt. II 60

4 Jahre Liebe 65

Bianca 66

Urlaub In Der Schweiz / Lena Pt. I 70

Silke 80

7 Jahre Liebe 87

Lolita 88

Lena Pt. II 94

Familienzuwachs 100

Ehestreit / Wendy 101

Unser 2. Kind 106

10 Jahre Liebe / Abschlusswort 107

The Womanizer Buch-Tipps 108

1 woman ain't enough!

Meine Frau Andrea

Seit 10 Jahren bin ich nun schon mit Andrea zusammen. Andrea ist eine tolle Frau. Sie ist 4 Jahre jünger als ich, sieht klasse aus und verfügt über einen astreinen Charakter.

„Das ist Andrea, 21, sie studiert Journalismus und macht ein halbjähriges Praktikum bei uns." Ich dachte ´Wow, was für eine Frau!´. „Ich bin für die Produktion der TV-Shows zuständig. Schön, Dich kennenzulernen", stellte ich mich vor. Wir tranken Kaffee und unterhielten uns über ihre Pläne und Berufswünsche. Tag für Tag sahen wir uns und ich merkte, da ist mehr als nur dieses Gefühl, sie ins Bett bekommen zu wollen.

Nach 3 Wochen war klar: Ich hatte mich in Andrea verliebt. Sie war solo, hatte sich 2 Monate zuvor von ihrem Freund getrennt, einem „Arschloch", wie sie ihn beschrieb. Eigentlich wollte sie erst mal nichts mehr von Männern wissen, aber mit meiner einfühlsamen Art und Charme gelang es mir nach 6 Wochen, sie zu einem Date zu überreden. Wir entschlossen uns, ins Kino zu gehen.

Der Film war superlustig und wir rückten immer enger zusammen. Beim anschließenden Spaziergang an der schönen Isar passierte es: Wir sahen uns unzählige Sekunden lang in die Augen, bevor ich sie zärtlich und vorsichtig auf den Mund küsste. Andrea erwiderte den Kuss und umarmte mich. Das war unser Anfang.

Unser erster Sex

Es war eine wunderschöne Liebe, die sich entwickelte. Wir trafen uns fast jeden Abend, küssten und kuschelten viel, mehr aber nicht. Mehr wollte sie noch nicht.

Nach 3 Monaten ließ mich Andrea endlich ran. Der erste Sex, den wir miteinander hatten, war alles andere als schön, da sie verkrampfte und zu weinen anfing. Ihr Ex hatte sie am Ende ihrer Beziehung einige Male vergewaltigt, das geht an keinem Menschen spurlos vorüber. Ich hatte Verständnis, wir beließen es beim Kuscheln. 2 Monate später war es soweit: Andrea wollte es nun auch. Sie war bereit, sich mir zu öffnen.

Es war ein unvergesslicher Abend. Andrea hatte in ihrer Wohnung 100 Teelichter aufgestellt und empfing mich im Minirock und sexy Top. Ich wusste, was Sache war.

Das Essen war superlecker und die CD „Greatest Love Songs" brachte uns schnell in die richtige Stimmung. Aus dem gewohnten Kuscheln wurde mehr, Andrea wusste genau, was sie in dieser Nacht wollte: mich. Das gab sie mir sehr deutlich zu verstehen.

Zuerst verwöhnte sie mich, dann ich sie, dann schliefen wir miteinander. Es war unglaublich schön, innig und intensiv. Ich wusste, das ist die Frau, mit der ich für immer zusammen sein und eine Familie gründen möchte.

Isabel

Ich war sehr glücklich mit Andrea. Wir waren nun schon 7 Monate zusammen. Andrea hatte ihr Praktikum erfolgreich abgeschlossen und widmete sich nun voll ihrem Studium. Nebenbei jobbte sie als Kellnerin in einer schicken Bar. Wir sahen uns fast täglich, und wenn ich beruflich unterwegs war, dann telefonierten wir.

Dann kam ein Auftrag, für den ich 3 Tage an den Rhein nach Köln musste. Mit 2 Kollegen flog ich in die Domstadt, um dort eine große TV-Produktion zu unterstützen. Abgeholt wurden wir von Isabel, einer hübschen, 23-jährigen Produktionsassistentin. Sie war groß, etwa 1,78, und sehr schlank. Ihr bezauberndes Lächeln machte sie zu einer sehr reizvollen Frau. Wir unterhielten uns nett, mehr nicht. Schließlich war ich ja in einer Beziehung und glücklich. Fremdgehen war nie ein Thema für mich gewesen.

Nach dem ersten Drehtag rief ich Andrea an und wir telefonierten 40 Minuten. Das wird teuer, dachte ich, aber das war es mir wert. Ich vermisste sie und war happy, ihre Stimme zu hören.

Als ich das Studio Richtung Hotel verlassen wollte, hörte ich eine zarte, weibliche Stimme nach mir rufen: „Na, immer noch hier?" Es war Isabel. Sie war auch gerade am Gehen, oder hatte sie auf mich gewartet? „Ja, war ein langer Tag", sagte ich, „aber jetzt ist Feierabend." „Hast Du Lust, noch etwas trinken zu gehen?", fragte sie. Warum nicht, dachte ich. Wir verließen zusammen die Firma und fuhren in die City.

Isabel führte mich in ihre Lieblingsbar und wir tranken verdammt leckere Cocktails, mit viel Alkohol natürlich. Tja, wir verstanden uns prima. Isabel erzählte mir, dass ihr Freund gerade in Amerika sei – für ein halbes Jahr. Sie denke oft an ihn und vermisse ihn, wisse aber nicht, ob er der Mann ihres Lebens sei. Wohl eher nicht, meinte sie. Ich erzählte ihr von Andrea und meiner Beziehung, sie hörte interessiert zu und freute sich für mich. Dann aßen wir eine Kleinigkeit und unterhielten uns über unsere Arbeit.

Wir kamen auf Alfred Hitchcock zu sprechen und stellten fest, dass wir beide Fans seiner Werke sind. Isabel schlug vor, zu ihr zu fahren und „Die Vögel", Hitchcocks Meisterwerk, auf DVD zu schauen. Okay, dachte ich, da wird schon nichts passieren, sie hat ja einen Freund und ich eine Freundin, es wird einfach ein netter Abend.

Ein netter Abend wurde es, aber anders, als ich erwartet hatte. Bei ihr angekommen, drückte sie mir 1 Bier in die Hand und verschwand im Bad. Als sie zurückkam, stockte mir der Atem: Sie trug Hot Pants und ein enges T-Shirt ohne BH darunter. Sie sah so verdammt sexy aus mit ihren langen Beinen.

„Die Vögel" ist einer meiner absoluten Lieblingsfilme, doch das Schauvergnügen endete bereits nach 15 Minuten. Isabel rückte immer enger an mich heran, und auf einmal spürte ich ihre Hand auf meinem Oberschenkel. Als diese immer höher wanderte, unterbrach ich: „Warte mal, was machst Du da? Du hast doch einen Freund."

„Vergiss ihn, der ist weit weg", hauchte sie. „Aber meine Freundin …". „Die ist auch weit weg, hier sind nur Du und ich, wir beide, und wir können eine wunderschöne Nacht zusammen haben, wenn Du möchtest." Ich stutzte. „Gefall ich Dir nicht?" „Doch", bestätigte ich, „Du gefällst mir sehr." „Und Du gefällst mir auch, also verkrampfe nicht, schließe Deine Augen und genieße, lass Dich gehen."

Ich ergab mich und ließ gewähren. Isabels rechte Hand wanderte zu meiner empfindlichsten Stelle und strich mir sanft über die Hose. Ich genoss es. Meine Augen waren zu, ich hörte ihren Atem näher kommen, dann küsste sie mich. Zuerst sachte und vorsichtig, dann immer wilder und leidenschaftlicher. Ihre Hand rutschte unter mein Hemd, ihre langen, dünnen Finger wussten, was mir gefällt. „Komm, fick mich", flüsterte sie.

Das ließ ich mir nicht zweimal sagen. Schon war meine Hose unten, und auch Isabel war schnell nackt. Sie hatte einen wunderschönen Körper: geile, feste Brüste und eine süße, teilrasierte Muschi. Ohne Kondom drang ich in sie ein und fickte sie wie wahnsinnig. Der Sex mit Isabel war härter und triebgesteuerter als der mit Andrea.

Nach 10 Minuten kam ich in ihr, fast gleichzeitig hatte sie ihren Orgasmus. Wir sackten auf dem Sofa zusammen und lagen uns wortlos in den Armen. „Das war geil!", sagte sie. „Du kannst verdammt gut ficken." „Du auch", entgegnete ich. Stille. Gedanken.

Andrea war in meinem Kopf, Schuldgefühle kamen hoch, ich wurde unruhig. Mir wurde klar, was ich da eben gemacht hatte: Ich hatte meine Freundin betrogen, die Frau, die ich liebe. Asche auf mein Haupt.

Isabel merkte, dass irgendetwas nicht stimmte: „Was ist los? Denkst Du an die Andrea?", fragte sie mich. „Ja", sagte ich leise, „ich habe sie gerade betrogen." „Mach Dir keine Sorgen", meinte Isabel, „Du kommst nach Hause, und alles ist okay. Sie liebt Dich, sie wartet auf Dich, das wird sie nie erfahren, das war Spaß, Sex, mehr nicht. Du liebst sie, nicht mich." Ich war stumm, mir ging so vieles durch den Kopf. „Ich glaube, es ist besser, ich gehe jetzt", murmelte ich. „Wenn Du meinst …".

Ich zog mich an und verschwand. Mir war das alles so peinlich und ich konnte die Nacht kaum schlafen. Immer wieder musste ich an Isabel und den tollen Sex mit ihr denken, an meine Freundin Andrea zu Hause, und an vieles mehr. Warum? Warum ist das passiert, fragte ich mich. Aber Antworten fand ich keine.

Am nächsten Morgen sah ich die Isabel wieder. Sie war echt lieb und fragte mich sofort, wie es mir geht. „Okay", sagte ich, „den Umständen entsprechend. Ich habe kaum geschlafen, ich bin müde, mein Kopf ist leer." „Lass Dich nicht hängen, das wird schon", munterte sie mich auf. „Komm, an die Arbeit!"

Der Tag verging wie im Flug. Isabel schaffte es, mich aufzuheitern. Plötzlich klingelte mein Handy. Es war Andrea. „Hallo Schatz, wie geht es Dir?", fragte sie. „Gut, danke, und Dir?" „Auch gut, ich vermisse Dich." „Ich Dich auch."

Isabel stand neben mir und lauschte. Ich erzählte Andrea natürlich nichts von Isabel und dem, was passiert war. „Viel Arbeit, viel Stress, nette Leute, alles okay, ich freue mich schon sehr auf Dich." „Siehst Du, ist doch alles kein Problem, oder?", grinste Isabel. „Nein", bestätigte ich. „Puh, war aber echt heftig, mein Herz hat geklopft wie ein D-Zug." Wir lachten.

Ich merkte, dass es gar nicht so schlimm war, meine Freundin zu belügen. Ich wusste, dass Andrea niemals von diesem Ausrutscher erfahren würde. Ich kann nämlich schweigen, gut schweigen. Den ganzen Tag überlegte ich, wie sich wohl der Abend gestalten würde. Würde mich Isabel noch einmal fragen, ob ich Lust hätte, mit zu ihr zu kommen? Soll ich sie fragen? Möchte ich das überhaupt? Möchte ich noch mal Sex mit ihr? Die Antwort war klar: Ja, ich will!

Als wir mit der Arbeit fertig waren, fragte ich sie: „Und, was hast Du heute noch vor?" „Nichts", meinte sie. „Am liebsten würde ich den Abend ja mit Dir verbringen, aber ich weiß nicht, ob Du das möchtest." „Gerne", antwortete ich. „Komm, lass uns gehen." So kam es, wie es kommen musste: Wir hatten wieder geilen Sex und genossen die Freiheit, die wir uns gaben.

„Das war echt wieder superschön mit Dir", sagte ich. „Dito", war ihre Antwort. Diesmal fühlte ich mich nach dem Sex mit Isabel richtig wohl, keine Schuldgefühle oder Gedanken an Andrea. Ich wusste, ich sehe Andrea am nächsten Tag wieder und alles wird so sein wie immer. Ich genoss den Abend mit Isabel, wir schauten DVD und gingen dann ins Bett, wo sie erneut begann, an mir herumzuspielen.

Sie küsste mich am ganzen Körper und gab mir einen Blowjob vom Allerfeinsten. Immer, wenn ich kurz vor dem Orgasmus war, stoppte sie, um dann wieder richtig loszusaugen. Schließlich kam ich. Sie ließ mein Sperma genüsslich aus ihrem Mund herauslaufen – was für ein Bild! Das törnte mich so an, dass ich sie direkt danach in allen Varianten durchvögelte. Isabel genoss den Sex sicht- und hörbar. Ich blieb die Nacht bei ihr. Früh am Morgen hatten wir dann noch einmal geilen Sex.

16 Uhr ging mein Flug nach München. Unter 4 Augen verabschiedete ich mich von Isabel, wir knutschten noch bisschen, das war´s. „Ich würde mich freuen, Dich wiederzusehen. Wenn Du mal wieder hier bist, können wir wieder viel Spaß zusammen haben." „Sehr gerne", antwortete ich. „Mach´s gut, Isabel, es war schön mit Dir. Danke."

Andrea, ich liebe Dich

Ich war Andrea fremdgegangen, ich hatte sie betrogen. Na und? So schlimm war das gar nicht. Andrea holte mich am Flughafen ab und ich freute mich riesig, sie zu sehen. „Mein Schatz, ich liebe Dich", war das erste, was ich ihr sagte. „Schön, wieder bei Dir zu sein."

Andrea sah echt super aus. Sie hatte sich extra schick für mich gemacht und wirkte so verliebt. Sie erzählte mir, wie einsam sie ohne mich gewesen war und wie sehr sie mich vermisst hatte. „Ich habe Dich auch schrecklich vermisst", sagte ich, schaute ihr tief in die Augen und küsste sie.

Wir fuhren zu mir, wo Andrea für uns kochte und wir wunderschönen Sex miteinander hatten. Es war ein krasses Gefühl, ein paar Stunden zuvor noch mit einer anderen gevögelt zu haben, und jetzt wieder mit meiner Freundin. Das mit Andrea war natürlich viel vertrauter, aber der Sex mit Isabel war sehr reizvoll und geil gewesen, es war einfach eine neue Erfahrung, ein neuer Körper, eine andere Pussy, ein anderer Fick. Andrea hatte noch nie zu mir „Fick mich" oder andere Obszönitäten gesagt. Bei uns ist es sehr zärtlich, sanft, einander respektierend und romantisch, anders möchte ich das auch gar nicht mit ihr haben.

Andrea blieb das ganze Wochenende bei mir. Wir ließen es uns gut gehen, fuhren an den Starnberger See, schliefen aus und hatten viel Sex. Es war ein traumhaft schönes Wochenende, und Isabel hatte ich schnell vergessen.

Unser erster Urlaub / Simone Pt. I

Ich liebte Andrea wirklich. Wir waren nun schon 9 Monate zusammen und glücklich. Unser erster gemeinsamer Urlaub stand an: Wir entschieden uns für einen Robinson Club, den in Ägypten. 14 Tage Urlaub mit meinem Schatz, wie schön! Wir hatten viel Positives über den Club gehört und gelesen. Auch Freunde von Andrea waren von Soma Bay begeistert gewesen.

Wir flogen früh morgens um 6:50 Uhr, München – Hurghada. Ein Bus holte uns vom Airport ab. Die Fahrt zum Club dauerte 45 Minuten. Außer Sand schien es nicht viel zu geben. Dann kam die Ortseinfahrt Soma Bay, bewacht von einem Dutzend Polizisten, und auf einmal wurde es paradiesisch. Vor uns lag der Club Soma Bay, direkt am Meer. Ein Traum!

Wir checkten ein und gingen aufs Zimmer. Es hatte einen Balkon mit direktem Blick aufs Meer. „Welcome in paradise", sagte ich zu Andrea, nahm sie in den Arm und küsste sie. „Ich liebe Dich", hauchte ich ihr ins Ohr. „Es ist so schön, mit Dir zusammen zu sein."

Wir hatten Hunger, und wie. Das Essen war der absolute Hammer! Satt wie 2 Hummer begaben wir uns an den Strand und relaxten. Stunden lagen wir da und genossen das fantastische Ambiente. Vor dem Abendessen duschten wir und hatten heißen Sex. Anstatt uns um 21:45 Uhr die Show im Theater anzuschauen, entschieden wir uns für einen romantischen Strandspaziergang. Auf einer Liege kuschelten wir uns eng aneinander und ich begann sie zärtlich zu küssen.

Plötzlich frage Andrea: „Meinst Du, wir können hier am Strand Sex haben?" „Weiß nicht", meinte ich, „lieber nicht, die ganzen Sicherheitsleute stehen hier herum. Lass uns lieber aufs Zimmer gehen." „Okay, Schatz, komm!", drängte sie und zog mich von der Liege hoch. Wir stürmten auf unser Zimmer und hatten geilen Sex. Andrea stöhnte wild und kam zweimal hintereinander. Da konnte ich mich nicht mehr zurückhalten und kam auch. Arm in Arm schliefen wir glücklich und zufrieden ein. Beim Volleyballspielen passierte es: Knack, ich hatte mir den Rücken verrenkt.

Mist! Es tat höllisch weh. Irgendein Nerv war wohl eingeklemmt oder so. Ich ging zu meinem Schatz, die auf einer Liege lag und sich sonnte, und erzählte ihr von dem Missgeschick. Andrea war total fürsorglich und massierte mir ganz vorsichtig den Rücken, doch als ich immer wieder „Aua!" rief und zusammenzuckte, meinte sie, es sei besser, mich professionell behandeln und massieren zu lassen.

Im WellFit-Zentrum organisierte sie mir einen Massagetermin für den Nachmittag. Ich dachte mir, na klasse, was für ein toller Urlaub, am dritten Tag schon der Rücken kaputt. Ich habe früher viel Volleyball gespielt und kann das ziemlich gut, aber die letzten Monate hatte ich zu wenig Sport getrieben. Und bei einem Hechtbagger knallte es. Egal. Das wird schon wieder.

Die Massage hatte ich um 15 Uhr. Andrea wollte in der Zeit Schnorcheln gehen und wir verabredeten uns für 17 Uhr an der Beach-Bar. Eine bildhübsche, junge Frau kam auf mich zu und fragte: „Bist Du der mit den Rückenschmerzen?" „Ja", antwortete ich. „Ich heiße Simone und kümmere mich um Dich." „Nett, Dich kennenzulernen", entgegnete ich und folgte ihr in ihre Kabine. Die war schön eingerichtet und lag etwas abseits des Geschehens.

„Willkommen in meinem Reich", lächelte sie süß und schloss die Tür. „Ziehe Dich aus und lege Dich hin. Mach's Dir bequem. Wo tut es denn genau weh?" Während ich mich auszog, erzählte ich ihr von meinem Sportunfall. „Kein Problem", meinte sie, „das bekommen wir hin." Ich lag auf dem Bauch und sie begann, meinen Rücken durchzukneten. Währenddessen netter Smalltalk. Simone erzählte mir, dass sie seit 6 Monaten im Club sei und dass es ihr gut gefällt. Nachdem sie ihre Ausbildungen zur Physiotherapeutin und Masseuse abgeschlossen hatte, ging sie ins Ausland und ist seitdem in Clubs unterwegs. Italien und Griechenland, jeweils 1 Jahr.

So lange wolle sie auch in Ägypten bleiben. Einen festen Freund habe sie nicht, darauf habe sie keinen Bock. Simone war 23, hatte lange, dunkle Haare und eine Topmodel-Figur. Sie war ein absoluter Hingucker und wusste das auch. Sie trug eine kurze, weiße Hose und ein weißes Top, ihre Haare hatte sie zusammengebunden.

„Aua!", rief ich. „Da tut es weh!" „Okay, ich mache etwas vorsichtiger", sagte sie mit zarter Stimme. „Ich glaube, Du hast Dir einen Nerv eingeklemmt, nichts Schlimmes. Tut weh, ist aber kein Schaden. Ich mache Dich wieder fit, keine Sorge." Ich lag da – nur mit meiner Unterhose bekleidet – und spürte die Wirkung ihrer Arbeit. „Ah, tut das gut", stöhnte ich. „Es wird schon besser."

Ihre nackten Oberschenkel befanden sich direkt neben meinem Gesicht. Ich begutachtete sie. Perfekte Stelzen. Keine Hautunreinheiten, keine Pickel, keine Haare, keine Falten. Was für Beine! „Und, gefallen sie Dir?", fragte sie mich. „Äh, Deine Beine, meinst Du?", stotterte ich. „Ja, was denn sonst?" „Ja, Du hast sehr schöne Beine", lobte ich, „die gefallen mir sehr gut." „Ich mache auch viel Sport, um fit und schön zu bleiben", sagte sie und massierte weiter.

Nach kurzer Talkpause hörte ich ihre Stimme wieder: „So, jetzt dreh Dich um." Ich drehte mich um und sie begann, meine Brust und den Bauch zu massieren. „Den Körper muss man immer von beiden Seiten behandeln. Wenn Du Probleme am Rücken hast, muss ich auch vorne etwas tun, denn hinten und vorne hängen zusammen."

Das glaubte ich ihr gerne. Ihre Hände fühlten sich toll an auf meiner Brust. Langsam spürte ich, dass nicht nur mir, sondern auch meinem Freund die Massage gefiel. Das merkte auch Simone, die bewusst immer tiefer ging und nun mehr streichelte als massierte. Kurz darauf hatte ich einen Steifen.

„Du, das ist mir echt peinlich", entschuldigte ich mich. „Ich glaube, ich drehe mich besser wieder um." „Nein, bleib so liegen. Mach die Augen zu und entspanne Dich", bekam ich zu hören. Sie glitt noch tiefer und fuhr mit ihrer Hand zärtlich über meine Erektion. Ich schaute sie an. „Soll ich weitermachen?", fragte sie mit einem Lächeln.

„Ich weiß nicht …", stotterte ich, „ich bin mit Freundin hier." „Na und? Das hier ist eine Massage, mehr nicht", konterte sie. „Also, möchtest Du, dass ich weitermache?" Ein hilfloses „Ja" war alles, was ich noch sagen konnte. Dann bekam ich einen Handjob der Superlative. Sie packte meinen Freund aus und ölte ihn kräftig ein.

Dann begann sie, ihn zuerst langsam, dann immer schneller zu streicheln, zuerst mit einer Hand, dann mit beiden. Ich habe bei so etwas gerne die Augen geschlossen und genieße, aber hier musste ich zusehen, dermaßen törnte mich der Anblick von Simone bei der Arbeit an. „Lass Dich gehen", meinte sie. „Wände sind schallisoliert, draußen hört keiner etwas."

Nach wenigen Minuten hielt ich es nicht mehr aus und spritzte mit einem lauten Stöhner ab. Wie aus einer Pistole kam es herausgeschossen und landete fast in Simones Gesicht. Über 10 Ladungen spritzte ich, es war der Hammer! Simone machte immer weiter, ihre Hände glitten an meinem Schaft auf und ab, bis er erschlaffte. „Wie hat´s Dir gefallen?", fragte sie mich grinsend. „Boa, das war der Wahnsinn!", lobte ich sie. „Das war der helle Wahnsinn!"

„Das hast Du toll gemacht", sagte ich ihr beim Anziehen. „Glaube ja nicht, dass ich das bei jedem mache", fuhr sie mich in einem etwas aggressiven Ton an, „nur wenn mir ein Typ gefällt und ich Lust darauf habe, okay?" „Okay", antwortete ich vorsichtig. „Und ich gefalle Dir?" „Ja, Du gefällst mir." Kurzes Schweigen. Dann schoss es aus mir heraus: „Wenn Dir ein Typ so richtig gut gefällt, gehst Du dann auch weiter?" „Das hängt davon ab, wie sehr er mir gefällt", meinte Simone. „Und wie sehr gefalle ich Dir?" „Sehr", war ihre Antwort.

Wir machten für den kommenden Tag den nächsten Termin aus und ich verabschiedete mich mit den Worten „Danke, es war superschön, ich freue mich auf morgen". „Ich auch", lächelte Simone und schloss hinter mir die Tür. Um 17 Uhr traf ich mich mit Andrea wie verabredet an der Beach-Bar und sie fragte mich, wie es mir geht. „Besser", sagte ich. „Morgen habe ich wieder Behandlung. Die Physiotherapeutin vermutet, dass ein Nerv eingeklemmt ist, nichts Schlimmes Gott sei Dank, aber es tut halt weh. Aber das wird schon."

Ich nahm die Andrea in den Arm und küsste sie. „Und Du?", fragte ich. „Wie war es bei Dir?" Aufgeregt erzählte sie mir vom Schnorcheln und welche Fische sie gesehen hatte. Ich versprach ihr, am nächsten Tag mit ihr Schnorcheln zu gehen. Der Abend war wieder wunderschön und wir hatten supertollen Sex. Zum allerersten Mal schluckte Andrea mein Sperma.

17

Das hatte sie zuvor noch nie gemacht, sie hatte das nie gewollt. Wenn sie es mir mit dem Mund machte, hörte sie immer kurz bevor ich kam auf und übernahm mit der Hand. So durfte ich dann kommen, ungern auf ihren Körper, schon gar nicht in ihr Gesicht.

Diesmal gab ich ihr wie immer das Zeichen, dass ich gleich komme, doch sie behielt ihn im Mund und saugte weiter. Ich sagte noch mal „Du, Schatz, ich komme!", doch sie machte weiter, und so spritzte ich ihr alles in den Mund. Sie schluckte heftig und atmete laut, fast so laut wie ich.

Andrea schluckte das ganze Sperma weg. Ich konnte es kaum fassen. „Alles in Ordnung, Schatz?", fragte ich besorgt. „Ja, ich wollte es mal probieren. Es war gar nicht so schlimm, wie ich dachte. Hat nach Ananas geschmeckt. Und wie fandest Du´s?" „Da fragst Du noch!" Ich nahm sie in den Arm und sagte ihr, dass es megageil war und ich superglücklich sei.

Am nächsten Morgen ging ich mit Andrea Schnorcheln. Es war eines der schönsten Erlebnisse meines Lebens. Die Unterwasserwelt Soma Bays ist der Hammer! So viele Fische, kleine, große, niedliche, hässliche, sogar Rochen und Delfine sahen wir.

Nach dem Mittagessen war es Zeit für die Massage. Ich machte mit Andrea wieder 17 Uhr an der Beach-Bar aus, sie wollte 2 WellFit-Kurse belegen. Ich ging aufs Zimmer, duschte mich frisch und war bereit für Simone.

Simone sah wieder umwerfend aus, wie eine Sexgöttin. Ihre Haare trug sie diesmal offen. „Na, wie geht´s?", empfing sie mich mit einem Lächeln. „Gut, deutlich besser als gestern, Deine Massage hat geholfen", meinte ich augenzwinkernd. Ich legte mich auf den Bauch und Simone begann mit ihrer Arbeit. Ich erzählte ihr von meinem Schnorchel-Erlebnis, sie mir von ihrem letzten Tauchgang.

Ich genoss Simones Hände auf meinem Körper. „So, dann drehe Dich um", flüsterte sie mir ins Ohr. Das tat ich gerne und freute mich auf das, was kommen würde. „Und, bist Du bereit für meine Spezialmassage?", fragte sie aufreizend. „Lo go!", hechelte ich. Sie zog mir die Unterhose aus und begann, meinen kleinen Freund zu verwöhnen.

Zuerst mit einer, dann mit beiden Händen, zuerst langsam, dann immer schneller. Ich starrte die ganze Zeit auf ihre Hände und das, was sie machten. Dann fiel mein Blick auf ihre Brustwarzen, die deutlich unter ihrem Top sichtbar waren. „Du würdest gerne meine Brüste sehen, oder?" Sie hatte mich ertappt. „Ja, schon", gab ich zu. „Na gut, weil Du es bist", antwortete sie und zog sich mit einer raschen Bewegung ihr Top aus.

Zum Vorschein kamen Traumbrüste. Mittelgroß, formschön, perfekt. „Das sind ja wunderschöne Titten", lobte ich sie. „Ich weiß", bestätigte Simone. „Wenn Du willst, darfst Du sie anfassen." Ich war außer mir vor Freude. Sie rückte seitlich neben mich, während sie weiter mit ihrer linken Hand meinen steifen Schwanz streichelte. Ich berührte ihre Brüste und fing an, mit ihnen zu spielen. Simone gefiel es. Sie hatte die Augen geschlossen und atmete tief.

Langsam, aber sicher merkte ich, dass Simone auf dem besten Weg war, mir einen Höhepunkt der Extraklasse zu schenken. „Ich komme gleich!", gab ich ihr zu verstehen. „Ich komme!" Simone platzierte ihre Brüste genau über meinen Penis. Ich spritzte voll ab, und alles ging auf ihre süßen Titties.

Nachdem sie mich ausgewichst hatte, schaute sie mich lächelnd an und fragte: „Und, war´s gut?" „Ja, es war absolut geil!", stöhnte ich. „Puh!" Ich bedankte mich bei Simone und freute mich schon auf den nächsten Tag. Der Abend mit Andrea war sehr schön, wir sahen uns im Theater „Mamma Mia" an und tanzten noch etwas, bevor wir müde ins Bett fielen.

Die dritte Massage war genauso erfüllend wie die beiden zuvor. Mein Rücken war nun okay und ich wollte wieder Sport treiben, daher sagte ich Simone, dass ich nur noch einmal kommen würde. Man soll sein Glück ja nicht überstrapazieren. Andrea hatte keine Ahnung von den Massagekünsten Simones, und so sollte es auch bleiben.

Die letzte Massage war die Krönung. Simone erwartete mich wie immer sexy und gestylt. „Hallo, schöner Mann, alles klar?", fragte sie mich. „Ja, schöne Frau, alles wunderbar", antwortete ich. Während der Massage erklärte ich ihr, warum dies mein letzter Termin sei, sie verstand es. „Klar, sonst bekommt Deine Freundin noch etwas mit, und das wollen wir ja nicht.

Da heute unser letztes Mal ist, habe ich eine Überraschung für Dich." „Was für eine Überraschung?", fragte ich neugierig. Sie schaute mir tief in Augen und zog sich ihr Top aus. Dann ihre kurze, weiße Hose. Zum Vorschein kam ein weißer String-Tanga. „Puh", atmete ich tief, „Wahnsinn!". Mehr brachte ich nicht heraus. Simone lächelte verführerisch und zog mir meine Unterhose aus, während ich schon voller Vorfreude auf dem Rücken lag und auf ihre Handmassage wartete.

Sie krabbelte zu mir auf die Liege und kniete sich über meinen Oberkörper. Sie hockte auf mir, ihr Po direkt vor meinem Gesicht, und begann, zärtlich mit meinem Dude zu spielen. Ich konnte nicht widerstehen und küsste ihren knackigen Arsch. Ich schob den kleinen Stofffetzen beiseite und erkundete ihren Spalt. Sofort neigte sie sich tiefer, was mir die Möglichkeit gab, an ihre Muschi zu kommen.

Ich stieß meine Zunge hinein und spürte an der Oberseite ihren erregten Kitzler, den ich mit runden Zungenbewegungen bearbeitete. „Geil!", stöhnte sie. „Weiter so!" Sie rückte mit ihrem Becken nun direkt über meinen Kopf. Ich zog ihr den Tanga herunter und tauchte tief in ihr Paradies ein. Es roch so gut, wie parfümiert. Sie war feucht und stöhnte immer lauter.

Ich konnte es kaum fassen, als ich ihre Zunge an meinem Penis spürte. Wir waren nun in der 69er-Position, Simone verwöhnte mich mit ihren wunderschönen Lippen und ihrem Mund.

Nach ein paar Minuten erhob sie sich und stieg von der Liege herunter. Ich dachte mir, was soll das, wir sind noch gar nicht fertig, doch bevor ich etwas sagen konnte, war sie wieder da, mit einem Kondom in ihrer Hand. „Hast Du Lust?", fragte sie mich. „Na klar, pack schon aus das Ding."

Fachmännisch bedeckte sie meinen Pudel mit der Kapuze und setzte sich drauf. Ihre Muschi war blank rasiert, göttlich. Genauso fühlte sie sich an. Schön eng und gut gebaut. Simone begann auf mir zu reiten, zuerst langsam, dann immer schneller. Ihre Brüste wippten auf und ab, ihr Haar flog durch die Luft, ihr Mund war weit geöffnet. Ich genoss den Ritt und fühlte mich im siebten Himmel.

Simone wurde wilder und stöhnte schließlich laut auf. In diesem Moment konnte ich mich nicht mehr beherrschen und kam ebenfalls zum Höhepunkt. Sie ritt genüsslich aus und stieg wie eine Prinzessin von mir herab. „Wahnsinn!", keuchte ich. „Du bist sensationell." „Ich fand´s auch geil mit Dir", war ihre Antwort. „Du hast einen geilen Schwanz."

„Danke", frohlockte ich und schaute meinen Prachtkerl glücklich und zufrieden an. Er ist nicht der Längste und nicht der Dickste, aber bisher hatte sich noch keine Frau über ihn beschwert, im Gegenteil: Die meisten Frauen bezeichneten ihn als „genau richtig". Ich bedankte mich bei Simone für alles und verabschiedete mich mit einem Kuss auf ihre Wange.

Die zweite Urlaubswoche verging schnell und intensiv, Andrea und ich genossen die Zeit zusammen und gaben uns ewige Liebesschwüre. Dann ging es zurück nach München, wo mich das nächste Abenteuer erwartete.

Carmen

Mittagspause. Ich saß im Burger King und aß meinen Cheese-burger, da kam ein Mädel zu mir an den Tisch. „Darf ich mich zu Dir setzen?", fragte sie niedlich. „Klar", antwortete ich und nahm meine Jacke vom Stuhl. Sie war klein und niemals älter als 20. Sie trug einen Rock, ein knalliges Top und war auf Rollerblades unterwegs.

Sie nahm Platz und schaute mich mit ihren großen, haselnussbraunen Augen an. „Danke, ist voll süß von Dir", flirtete sie und machte sich über ihre Pommes und die Chicken Nuggets her. „Bist Du öfter hier? Ich habe Dich hier noch nie gesehen." „Ab und zu mal, nicht regelmäßig", antwortete ich. „Und Du?" „Fast täglich sogar. Ich arbeite ein paar Straßen weiter in einem Tattooladen, verdiene nicht viel Kohle, da ist Burger King das Praktischste."

Sie musterte mich. „Du siehst gut aus." „Du auch." Ich betrachtete sie genauer: Sie war echt süß. Ihre kurzen, blonden Haare waren etwas gewöhnungsbedürftig, aber sie hatte ein sehr schönes Gesicht. Auf ihrem rechten Arm ein Tattoo, ein rotes Herz mit den Initialen A.S. Diese standen für ihren Ex, wie ich später erfuhr. Sie hatte eine helle Hautfarbe, fast blass. Ihre Beine waren mädchenhaft, genau wie sie.

„Bist Du morgen auch wieder hier?", fragte sie neugierig. „Dann könnten wir uns ja zum Essen treffen." „Okay, selbe Uhrzeit?" „Jep", sagte sie happy. „Dann bis morgen, Ciao." Sie schwang ihre Hüften und düste auf ihren Blades davon.

Am nächsten Tag trafen wir uns wie verabredet zum Essen. Sie hatte denselben Rock, aber ein anderes Top an, mit der legendären Rolling-Stones-Zunge drauf. „Na, wie geht's Dir?", begrüßte sie mich. „Gut, und Dir?", fragte ich zurück. „Supi, ich habe heute gute Laune, das liegt an Dir." „Wieso?", wollte ich wissen. „Ich habe mich schon den ganzen Vormittag auf das Treffen mit Dir gefreut." Wir aßen Burger und unterhielten uns über Gott und die Welt. „Gefalle ich Dir?", fragte sie mich plötzlich aus heiterem Himmel. „Ja, Du bist ein süßes Mädel", antwortete ich.

Dann stellte sie mir die Frage, die meinen Tag sehr veränderte: „Könntest Du Dir vorstellen, mit mir Sex zu haben?" „Ja, könnte ich", schoss es aus mir heraus. „Geil", lächelte sie. „Heute?" Ich überlegte kurz. Am Abend war ich mit Andrea zum Essen bei Freunden eingeladen. „Von 16 bis 18 Uhr hätte ich Zeit." „Supi, ich habe ab 15:30 Uhr frei, dann komm einfach zu mir und wir vergnügen uns." Sie gab mir ihre Adresse und verabschiedete sich mit den Worten „Ciao, Süßer, bis später".

Wie einfach war das denn, dachte ich. Das gibt´s doch nicht. So ein Luder, so ein geiles. Ich verließ um 15:40 Uhr das Büro. Andrea sagte ich, ich würde um 19 Uhr zu Hause sein, sodass wir um 20 Uhr bei unseren Freunden sein konnten.

Die Carmen erwartete mich mit einem breiten Grinsen. „Komm rein und mach´s Dir gemütlich", säuselte sie. „Das ist meine Bude." Stolz präsentierte sie mir ihre kleine 2-Zimmer-Wohnung im Herzen Münchens. Sie hatte viele Poster an der Wand, Ozzy Osbourne, AC/DC, Rolling Stones, Marilyn Manson und einiges in dieser Richtung.

Sie kam auf mich zu, küsste mich kurz auf den Mund und meinte trocken: „Okay, lass uns ficken." Ohne große Gefühle zogen wir uns aus und fingen an zu rammeln. Sie wollte es hart und tief. Über ihrer rasierten Pussy war ein Teufelsgesicht eintätowiert, auf ihrer rechten Brust ein weinendes Auge. Sie hatte 3 Intimpiercings, kleine Ringe, die an der Vorhaut ihrer Klitoris hingen.

„Besorg´s mir!", stöhnte sie. „Fick mich, ja, fick mich!" Ich gab mein Bestes. Sie fühlte sich gut an, eng und warm, allerdings törnte mich ihr Verhalten immer mehr ab. „Los, weiter! Schneller! Härter! Tiefer! Knall mich! Press mich! Stoß mich!", bekam ich pausenlos zu hören.

Ich war froh, als ich kam und dieses Kommandieren endlich ein Ende hatte. „Bist Du immer so still beim Sex? Hat es Dir nicht gefallen, was ist los?", fragte sie mich vorwurfsvoll. „Alles gut, war schön", sagte ich. „Aber Du hast gar nicht gequatscht beim Ficken", meckerte sie. „Die Typen, mit denen ich poppe, labern mich voll, Dirty Talk, darauf stehe ich." „Ich nicht", gab ich trocken zurück.

Ich lag da und dachte nach. Warum mache ich das hier eigentlich? Warum ficke ich fremd, und dann noch mit so einer?

„Ich muss dann weg", meinte ich knapp und griff nach meinen Klamotten. „Wenn Du möchtest, blase ich Dir noch einen", lockte Carmen.

Vielleicht ist das ja geiler als der Fick, dachte ich und willigte ein. Da sieht man mal wieder, wie schwach ein Mann ist. Die Zweifel waren auf einmal verflogen und ich konnte es kaum erwarten, von ihr oral befriedigt zu werden.

Carmen hatte 3 Zungen- und 2 Lippen-Piercings, die sie aber nicht daran hinderten, mir einen Blowjob der Güteklasse 1A zu geben. Sie stimulierte meinen Schwanz nach allen Regeln der Kunst, bis ich bebend zum Höhepunkt kam. Sie wichste alles in ihr Gesicht. Mein Sperma klebte an ihren Augen, an ihrer Nase, ihren Lippen, Wangen und in ihren Haaren. Aber das störte sie überhaupt nicht.

„Mann, war das geil!", stöhnte ich. „Ich mache das auch voll gern", lechzte Carmen. „Du hast echt noch eine ordentliche Ladung drauf, dafür, dass Du vor einer halben Stunde schon gekommen bist." Dieser Blowjob entschädigte für den seltsamen Fick, doch wiedersehen wollte ich Carmen nicht. Wir klärten die Situation und gingen getrennte Wege. Ich fuhr nach Hause, nahm Andrea in den Arm und küsste sie leidenschaftlich.

Der Abend bei unseren Freunden war schön, es gab gutes Essen und wir unterhielten uns prima. Wieder zu Hause, verführte mich Andrea mit einer heißen Massage und wir hatten supertollen Sex. Müde und glücklich schliefen wir Arm in Arm ein.

Melly Pt. I

Das neue Jahr startete mit einem Knall. Unser Chef war mit einigen Kollegen unzufrieden und kündigte gleich 5. Das war heftig. Ein paar Tage später, ich war gerade auf dem Weg in mein Büro, kam eine hübsche Blondine zu mir in den Fahrstuhl. Ich musterte sie. Sie war nervös, etwas zittrig, schaute in den Spiegel und richtete ihr Haar.

„Keine Sorge, alles sitzt prima", eröffnete ich die Konversation. „Wie bitte?", schreckte sie auf. „Ihre Haare, alles in bester Ordnung", beruhigte ich sie. „Ah, danke", stammelte sie. „Kann ich Ihnen helfen?" „Ich habe einen Termin mit Herrn Müller, ein Bewerbungsgespräch." „Na, dann kommen Sie mit, ich bringe Sie hin", bot ich ihr an und führte sie ins Büro meines Chefs.

Sie wurde eingestellt, und wenige Tage später startete sie bei uns. Als ich sie wiedersah, war sie überglücklich: „Ich habe es geschafft! Sie arbeiten auch hier, oder?" „Ja, schon seit einigen Jahren. Ich bin hier für die Produktion der TV-Shows zuständig." „Na, dann werden wir wohl öfter zusammenarbeiten", meinte sie grinsend. „Ich bin die Melina, genannt Melly." Ich freute mich.

Melina war knapp 1,70 m groß und äußerst schlank. Sie hatte mittellange, blonde Haare und ein sehr hübsches Gesicht. In der Mittagspause erzählte sie mir einiges über sich: „Ich bin 24, habe nach der Schule eine Ausbildung zur Kamerafrau gemacht und arbeite seit 2 Jahren in der Branche. Ich möchte Regisseurin werden und große Filme produzieren." Ich informierte sie über meinen beruflichen Werdegang und meine Aufgaben in der Firma. „Da kann ich sicher voll viel von Dir lernen", strahlte sie mich an. Ich strahlte mit.

Die nächsten Tage lernte ich Melina immer besser kennen. Wir verbrachten nicht nur die Großteile unserer Arbeitszeit zusammen, sondern auch die Pausen. Wir verstanden uns gut und hatten einen identischen Humor. Sie wurde zu meiner offiziellen Assistentin. Zusammen flogen wir nach Hamburg, um dort eine Produktion zu unterstützen.

Wir wohnten Hoteltür an Hoteltür, doch viel Zeit blieb uns erst einmal nicht. Das Studio war 10 Minuten entfernt, die Kollegen erwarteten uns schon händeringend. Es war 21 Uhr, als wir uns auf den Weg zurück ins Hotel machten. „Puh, war das ein anstrengender Tag", jammerte Melly, „ich habe einen Riesenhunger." „Ich auch. Komm, wir gehen essen."

Das Hotelrestaurant war genau richtig. In einem netten, gemütlichen Ambiente ließen wir es uns schmecken. Wir quatschten noch eine halbe Stunde, bevor wir uns verabschiedeten und auf unsere Zimmer gingen. Ich rief Andrea an, wir telefonierten 20 Minuten. Dann legte ich mich aufs Bett und begann zu lesen, als es plötzlich an meiner Tür klopfte.

„Wer ist da?" „Ich, Melly." Ich öffnete. „Darf ich reinkommen?" „Klar", antwortete ich. Sie hatte ihren Laptop unter dem Arm und setzte sich auf mein Bett. „Hast Du Lust, noch einen Film zu schauen? Ich habe einige gute auf dem Rechner." „Ja, gern, was hast Du denn da?" „Die Batman Filme, die Scary Movie Reihe, James Bond …". Weiter ließ ich sie erst gar nicht reden. „Scary Movie ist cool!" „Lass uns den zweiten Teil anschauen, den finde ich am geilsten", meinte sie und bereitete das Spektakel vor. Wir holten uns Cola aus der Minibar und lümmelten uns aufs Bett.

Wir lagen nebeneinander und lachten ab. Dieser Film ist echt hammerlustig! Dann kam die Szene, als der Typ und das Mädchen in der Eiskammer gefangen waren und er sie dazu brachte, ihm einen runterzuholen. Sie wichste ihm die Nudel, bis er eine unrealistische Wahnsinnsladung abspritzte.

Melina schaute mich während dieser Sequenz immer wieder an. Sie rückte auch immer näher an mich heran, wir hatten nun schon Körperkontakt. Als der Film zu Ende war, ließen wir die lustigsten Momente Revue passieren. „Als die Tussi dem Typen einen runterholte, bin ich richtig geil geworden", lachte Melly. „Ja, das war so krass, das muss man sich mal vorstellen. Der Kerl spritzt sie voll weg." „Weißt Du, auf was ich Lust habe?", fragte sie mich mit einem verführerischen Blick. „Auf was?", fragte ich zurück. „Auf eine wohltuende Massage. Ich bin fertig, das war ein anstrengender Tag. Jetzt ein bisschen Entspannung und Zärtlichkeit, das wäre toll."

Ich überlegte kurz. Melly war eine tolle Frau, sie gefiel mir, Sex mit ihr konnte ich mir gut vorstellen. Das einzige Problem sah ich darin, dass wir Kollegen waren und ich sie nicht schnell loswerden konnte. Noch bevor ich ihr eine Antwort gab, zog sich Melly ihr T-Shirt und ihre Jeans aus und schmiss sich aufs Bett. Da lag sie, halbnackt, nur mit einem String-Tanga bekleidet.

Sie hatte einen wunderschönen Rücken, einen süßen Po und Beine wie eine Prinzessin. Ihr Kopf lag seitlich, ihre Augen waren geschlossen, sie atmete ruhig und entspannt. Ich konnte nicht widerstehen, holte Bodylotion aus dem Badezimmer und zog meine Jeans aus. In Shirt und Unterhose begann ich, sanft ihren Körper zu massieren und zu kneten. „Oh, ist das schön", hauchte sie mit zarter Stimme, „Du kannst das voll gut."

Ihr Rücken fühlte sich toll an, weich, warm und gesund. Je tiefer meine Hände arbeiteten, desto aufgeregter wurde ich. Wie gerne hätte ich ihren Po berührt, doch ich traute mich nicht. Sie wusste, dass ich in festen Händen war, das blockierte mich. Nach einer halben Stunde setzte sie sich auf, drehte sich oben ohne zu mir und sagte: „Das war eine superschöne Massage. Danke. Jetzt bist Du dran, verwöhnt zu werden." Sie zog mir mein Shirt aus, ich legte mich hin und entspannte mich. Melly knetete und streichelte meinen Rücken und meine Beine.

„Und, gefällt Dir das?", fragte sie mich. „Ja, sehr", erwiderte ich. Dann kam es: „Du hast einen voll knackigen Po, darf ich den auch massieren?" „Klar", antwortete ich. Schwupps, zog sie mir die Unterhose aus und betastete meinen Po. „Der fühlt sich voll geil an", lobte sie. „So einen knackigen Arsch habe ich noch nie gesehen. Nicht einmal mein Freund hat so einen."

Ich schluckte. „Du hast einen Freund?" „Ja, schon seit 3 Jahren. Wir sehen uns nur selten, da er bei der Bundeswehr arbeitet und viel unterwegs ist. Aber das ist okay, so habe ich meine Freiheiten. Ich weiß, dass er mir nicht ganz treu ist, aber wer ist das schon?" Recht hat sie. Langsam wurde ich nervös, und zwar sexuell. Mir war klar, dass Melly mehr wollte. „Kannst Du Dich erinnern, was das Mädel mit dem Kerl im Film machte?", fragte sie mich.

Ich wusste genau, was sie meinte, ihre rhetorische Frage war klar zu durchschauen, aber ich stellte mich blöd. „Was

27

meinst Du?" „Wie sie ihm einen runterholte." „Ja", erinnerte ich mich. „Wenn Du willst, mache ich das auch bei Dir." Pause. Ich blickte über meine Schulter nach hinten und sah ihr süßes Gesicht, ihre Brüste und ihren wunderschönen Körper. Sie lächelte mich an. Ich drehte mich um, schloss meine Augen und ließ sie machen.

Sie streichelte meinen Oberkörper, dann wanderten ihre Hände tiefer, bis sie an meinem mittlerweile vollsteifen Penis ankamen. Mit ihren cremigen Fingern umkreiste sie ihn und spielte mit meinen Hoden, bis sie ihn endlich in die Hand nahm und mit ihrer linken Faust umfasste.

Ich stöhnte auf, es fühlte sich umwerfend an. Sie grinste die ganze Zeit, es schien ihr wahnsinnig zu gefallen. Während sie mit der rechten Hand meinen Körper liebkoste, machte die linke Hand ernst und wichste meinen Schwanz auf und ab – mal schnell, mal langsam. Nach 4 Minuten spürte ich meinen Orgasmus kommen. Ich hatte keine Chance, ihn weiter hinauszuzögern, dazu war alles zu geil. Hoch spritzte ich, sehr hoch.

Die erste Ladung ging in ihr Gesicht, aber das störte sie nicht. Sie wichste bis zum Ende und presste die letzten Samentropfen aus mir heraus. Mir drehte sich alles. Was für ein Handjob. Es war megageil! Genüsslich leckte sie Sperma von meinem Bauch und kuschelte sich an mich. Ich genoss ihre Wärme und ihre Umarmung.

„Du bist echt heftig gekommen, Du hast genauso wild abgespritzt wie der Kerl im Film", prustete sie los. Ich lachte mit. „Du hast es auch verdammt gut gemacht." Wir schauten uns in die Augen und küssten uns. Sehr zärtlich, romantisch. So küsste ich eigentlich nur Andrea. Mir war klar, dass Melly etwas Besonderes war.

Den nächsten Tag konnten wir kein Auge voneinander lassen. Als wir mit der Arbeit fertig waren, stürmten wir ins Hotel und hatten zum ersten Mal richtigen Sex miteinander. Melinas Muschi war unglaublich schön. Ein kleiner Schamhaarstrich führte von ihrem Venushügel zu ihrer Klitoris. Wir streichelten uns ewig, bis ich in sie eindrang.

Wir hatten sehr zärtlichen und gefühlsintensiven Sex, zuerst in der Missionarsstellung, dann Doggy Style, zu guter Letzt in der Reiterstellung. Melly erreichte ihren Höhepunkt mit lautem Stöhnen, ich folgte kurz darauf. Mein Handy klingelte: Es war Andrea. „Hallo Schatz, wie geht´s?", begrüßte sie mich voller Freude. „Gut, und Dir?", antwortete ich.

Melly saß neben mir auf dem Bett, nackt, und hörte zu. Andrea erzählte mir von ihrem Tag und wollte wissen, wie es bei mir war. „Viel Arbeit, aber alles geschafft. Das sind echt Pfeifen hier, die haben von Tuten und Blasen keine Ahnung", meckerte ich. „Gleich gehe ich etwas essen und mache mir dann einen ruhigen Abend. Ich lese das Buch, das Du mir geschenkt hast. Sehr spannend." Ich wünschte ihr eine gute Nacht und schickte ihr viele Küsse durchs Telefon.

„Das war also Deine Freundin?", fragte Melina. „Ja", bestätigte ich. „Du liebst sie sehr, oder?" „Ja." „Du möchtest mit ihr alt werden?" „Ja." „Sie muss eine glückliche Frau sein, Dich als Freund zu haben. Mein Freund ist auch ganz okay, aber wenn ich die Wahl hätte zwischen Dir und ihm, ich würde mich sofort für Dich entscheiden." Sie küsste mich.

„Danke, dass Du leise warst und mich nicht verraten hast", sagte ich. „Ist doch selbstverständlich, dass ich Dir da nichts kaputt mache, wir können ja auch so unseren Spaß haben, oder?", fragte sie mich mit einem verführerischen Blick. „Klar", antwortete ich. „Davon darf Andrea nichts wissen, und sie darf es auch niemals erfahren, verstanden?" „Logisch, das bleibt unser Geheimnis."

Nach dem Essen war erneut Sex angesagt. Melly zog mich aus und küsste meinen Oberkörper. Sie saugte an meinen Brustwarzen, bis sie hart waren. Dann glitten ihre Hände und Lippen tiefer, während ich immer geiler wurde. Schließlich war sie da, wo sie sein sollte: an meinem Schwanz. Sie nahm ihn in den Mund und verschluckte ihn voll. Mein Penis ist nicht der Längste, im erigierten Zustand etwa 15 cm lang, Durchschnitt also, aber diese 15 Einheiten verschwanden komplett in ihrem gierigen Mund. Mit ihren zarten Lippen übte sie einen ordentlichen Druck auf meine Vorhaut aus, was mich sehr erregte. Lange, tiefe Züge, dann kurze, schnelle.

Melina machte mich wahnsinnig. Dreimal stoppte ich sie, sonst wäre ich viel zu früh gekommen, dann ließ ich mich gehen. „Jetzt gleich!", stöhnte ich laut, was für sie das Zeichen war, den Job mit der Hand zu beenden. Während ich abspritzte, leckte sie meine Eier und bekam einiges von meinem Samen ab, der in ihrem Haar, auf ihrer Stirn und ihrer rechten Wange landete. Es war ein Hammerorgasmus! Zur Belohnung leckte ich ihre saftige Pussy, bis sie bebend zu ihrem Höhepunkt kam.

Am nächsten Tag sah ich Andrea wieder. Alles war wie immer, doch tief in meinem Herzen spürte ich etwas für Melly, Gefühle, die da eigentlich nicht sein durften. Hatte ich mich in meine Kollegin verliebt? Nein, sicherlich nicht. Oder vielleicht doch? Ich war durcheinander. Die 3 Tage mit Melly waren superschön gewesen. Ich freute mich schon auf Montag und darauf, sie wiederzusehen.

Das Wochenende mit Andrea war leider etwas anstrengend. Sie wollte einen Ausflug an den Chiemsee unternehmen. Ich wollte lieber zu Hause bleiben und Musik machen. Ich spiele Klavier, E-Gitarre, Bass und Schlagzeug. Ab und zu möchte ich abschalten, an nichts denken und frei sein. Das geht mit Musik am besten. Andrea ließ aber nicht locker und überredete mich schließlich zu dem Trip. Ich war genervt und fügte mich meinem Schicksal. Viel lieber wäre ich jetzt bei Melly, dachte ich mir während der Fahrt.

Dieser Wunsch wurde am Montag wahr, als ich die Süße wiedersah. Andrea hatte gerade viel Prüfungsstress und war nicht einfach handzuhaben. Umso mehr freute ich mich auf den lockeren Umgang mit Melina. Wir arbeiteten täglich zusammen, ich organisierte meine Projekte so, dass sie immer bei mir war.

Ich liebte Andrea sehr, doch mir war klar, dass Melly mir auch sehr viel bedeutete. Ich wollte unbeschwert Zeit mit ihr verbringen, tollen Sex mit ihr haben und sie besser kennenlernen. Doch wie sollte das funktionieren? Ich war doch in einer festen Beziehung, die ich nicht beenden wollte. Die nächsten Wochen war ich hin und her gerissen. Klar hatte Andrea Priorität, aber ich nutzte jede Chance, um Zeit mit Melly zu verbringen, auch Freizeit.

Andrea erzählte ich von Geschäftsessen oder Meetings und war dann 2 oder 3 Stunden bei Melly. Andrea schöpfte nie Verdacht, sie vertraute mir voll und ganz. Es pendelte sich so ein, dass ich fast täglich kurz bei Melina war und wir Sex zusammen hatten, bevor ich zu Andrea fuhr oder sie zu mir kam. Mit Andrea aß ich dann zu Abend, wir kuschelten und hatten

Sex, bevor wir Seite an Seite einschliefen. Oft aber redeten wir auch nur.

Ich merkte, dass sich die Beziehung mit Andrea verändert hatte. Es war nun deutlich mehr Stress in unserem Alltag und Umgang miteinander, wir waren gereizter und blökten uns sogar an. Das durfte nicht sein. Was war los? War Melly daran schuld? Oder ich? Ich wusste es nicht, doch ich war auch nicht gewillt, mir darüber Gedanken zu machen. Arbeit, Melly, Andrea, das war der Ablauf, an den ich mich gewohnt hatte. Andrea durfte nichts von Melly erfahren, und Mellys Freund natürlich nichts von mir.

Ich lebte zweispurig, entfernte mich weiter von Andrea und genoss die Romanze mit Melly. Ich organisierte sogar einen 4-tägigen Kurzurlaub mit Melly in Paris, den ich Andrea als Arbeitstrip verkaufte. Melinas Freund machte auch keine Probleme, da sie ihm dieselbe Story erzählte.

Dann kam der Tag, der mir die Augen öffnete: Rainer, mein bester Freund, stand heulend bei mir im Büro und erzählte mir, dass seine Susi sich von ihm getrennt hat, und das nach 5 Jahren Beziehung. Die beiden wollten heiraten und eine Familie gründen. Rainer war Playboy wie ich und hatte auch mal hier und da etwas neben seiner Beziehung am Laufen, aber dass er eine Affäre über 6 Monate hatte, wusste ich nicht. Als er immer weniger Zeit für Susi hatte und kaum noch zu Hause war, wurde sie misstrauisch und spionierte ihm nach. Sie erfuhr von seinem Zweitleben, zog sofort aus der gemeinsamen Wohnung aus und verließ Rainer auf nimmer Wiedersehen.

Der Rainer war fertig, am Boden zerstört. Ich kümmerte mich um ihn und beruhigte ihn, so gut ich konnte. Als er weg war, wurde ich nachdenklich. Was wäre, wenn mir dasselbe passiert?

Ich öffnete die oberste Schublade meines Schreibtisches und holte ein Fotoalbum von Andrea und mir heraus. Ich schaute die Fotos an und begann zu weinen. Vor Rührung, vor Freude, so eine tolle Frau an meiner Seite zu haben. So oft war ich ihr fremdgegangen, nie hatte sie etwas gemerkt. Nun die Sache mit Melly, die aus dem Ruder gelaufen war. Ich musste eine Entscheidung treffen: Melly oder Andrea.

Ich ging in mich und analysierte: Auf der einen Seite stand meine Freundin Andrea, die ich von ganzem Herzen liebte. Wir waren fast 2 Jahre zusammen und ich war sehr glücklich mit ihr. Unsere Beziehung hatte sich durch Melly verändert, sie war etwas schwieriger geworden, doch sie hielt der Belastung stand, und ich freute mich immer, sie zu sehen und bei ihr zu sein. Der Sex mit Andrea war nach wie vor toll. Sie war die Frau, mit der ich eine Familie gründen wollte, sie sollte die Mutter meiner Kinder sein. Mit ihr wollte ich alt werden.

Auf der anderen Seite stand meine Geliebte Melly, die für mich mehr war als irgendein Fick. Wir hatten nun schon knapp 6 Monate etwas, eigentlich ein Wunder, dass wir das so lange vor unseren Partnern verheimlichen konnten. Die Melly brachte mich zum Lachen, ich fühlte mich wohl bei ihr, der Sex war super, wir hatten Spaß zusammen. Aber mehr als eine Affäre würde sie wohl nie werden. Sie heiraten? Nein. Eine Familie mit ihr gründen? Nein. Sie war etwas für den Moment, für eine Phase in meinem Leben. Ich hatte mich in sie verknallt und den Übermann gespielt, den Boden unter den Füßen verloren und gedacht, das könne schön so weitergehen, das Lotterleben.

Mir war klar, dass ich mit diesem Doppelleben beenden musste. Mir war auch klar, dass ich eine der beiden Frauen verlieren würde. Andrea wollte ich unter keinen Umständen verlieren, also stand fest: Ich musste das mit Melly stoppen.

Am nächsten Tag nahm ich mit Melly die Henkersmahlzeit ein. Ich druckste herum: „Du, ich muss Dir etwas sagen." „Ich Dir auch", schoss es aus ihr heraus. Was dann kam, haute mich um. Sie lächelte mich an: „Ich habe mich in Dich verliebt und möchte fest mit Dir zusammen sein." Oh nein! Schlimmer kann es nicht kommen, dachte ich.

„Das geht nicht, ich habe eine Freundin, und Du hast einen Freund", versuchte ich ihr, diesen Gedanken auszutreiben. „Dann verlassen wir sie", konterte sie. „Du liebst Deine Freundin doch kaum noch, Du verbringst mehr Zeit mit mir als mir ihr. Und mein Freund ist auch nicht der, den ich will. Ich hätte viel lieber Dich." „Aber das geht nicht." „Warum denn nicht? Mach Schluss mit der Andrea und lass uns zusammen glücklich sein." „Ich kann nicht", meinte ich. „Ich will Andrea nicht verlieren, und so weitermachen kann ich auch nicht."

Melly schaute mich ernst an. „Soll das heißen, dass Du mir den Laufpass gibst? Dass es aus ist?" Ich nickte. Ich versuchte ihr, meinen Standpunkt und meine Situation zu erklären, doch das interessierte sie wenig. Sie stand auf und verließ wütend und mit Tränen im Gesicht das Restaurant. Ich fühlte mich schuldig und zitterte am ganzen Leib. Das Essen ließ ich stehen, der Appetit war mir vergangen.

Die nächsten Tage sprach Melly kein Wort mit mir. Alle meine Versuche, ein vernünftiges Gespräch mit ihr zu führen, blockte sie eiskalt ab. Dann erfuhr ich, dass sie zum Monatsende gekündigt hatte. Nach nur 7 Monaten in der Firma. Ich war schockiert.

„Warum?", fragte ich sie. „Warum gehst Du?" „Wegen Dir", war ihre Antwort. „Was ist denn so schwer daran, vernünftig und in Ruhe über alles zu sprechen?", wollte ich wissen. „Es hätte so schön mit uns werden können, aber Du hast alles versaut", schoss sie zurück und ging. Gut, vielleicht ist es besser so, dachte ich. Ein paar Tage später mussten wir nach Zürich – es sollte unser letzter gemeinsamer Trip werden, und ein versöhnlicher Abschied. Ein 3-tägiges Projekt erwartete uns. Während der Fahrt schwiegen wir uns an. Ich hatte nicht den Mut, über uns zu sprechen, und Melly tat so, als würde sie schlafen.

Am Abend, nach erledigter Arbeit, klopfte es an meine Zimmertür. Ich öffnete, es war Melly. „Darf ich reinkommen?", fragte sie mit gesenktem Haupt. „Äh, klar", antwortete ich überrascht. Noch bevor ich die Tür schließen konnte, umarmte sie mich und drückte mich fest an sich. Sie weinte. Ich tröstete sie und streichelte ihr über den Kopf.

„Das ist furchtbar", begann sie, „ich wollte auch nicht, dass es so kommt, aber es ist halt passiert." „Was meinst Du?", fragte ich mit sanfter Stimme. „Dass ich mich in Dich verliebe", schluchzte sie.

Als sie sich beruhigt hatte, setzten wir uns aufs Bett und besprachen die Lage. Melina entschuldigte sich für ihr ablehnendes Verhalten mir gegenüber, ich entschuldigte mich für das Zerstören ihrer Hoffnungen. „Wir beide haben Fehler gemacht und viel riskiert", sagte ich, „fast zu viel. Wenn wir jetzt aufhören, können wir das retten, was uns wichtig ist."

„Bin ich Dir denn überhaupt nicht wichtig?", wollte sie wissen. „Doch, Du bist mir sehr wichtig, das weißt Du", beruhigte ich sie. „Ich würde mich verdammt gerne weiter mit Dir treffen und Sex mit Dir haben, aber das geht nicht." Ich erzählte ihr die Geschichte von Rainer, und sie begann mich zu verstehen.

„Manchmal gibt es Entscheidungen, die getroffen werden müssen, auch wenn sie wahnsinnig schwer fallen. Und das ist so eine. Ich liebe Andrea wirklich, mit ihr möchte ich eine Familie gründen. Wenn ich sie verliere, weiß ich nicht, was mit mir passieren würde. Verstehst Du?"

Sie nickte. „Bei mir ist auch alles durcheinander. Mit Patrick läuft es nicht optimal. Das mit Dir war so wunderschön, das wollte ich einfach haben. Du bist ein toller Mann, ich würde alles für Dich tun, sogar Patrick verlassen. Aber wenn Du keine Beziehung mit mir willst, dann muss ich das akzeptieren."

Ich fragte sie, ob ihre Kündigung endgültig sei, was sie bestätigte. Sie hatte sogar schon ein paar Vorstellungsgespräche organisiert. Sorgen um ihre Zukunft musste sie sich nicht machen. Sie war gut, zuverlässig, kompetent, intelligent. „Dann werden wir uns ab nächster Woche nicht mehr sehen", meinte sie mit leiser Stimme. „Ja, sieht so aus", bestätigte ich.

„Und zum Abschied, wollen wir uns da nicht doch noch lieb haben, was meinst Du?" Ich schaute sie fragend an. „Ich möchte Dir zum Abschied noch einmal ganz nahe und glücklich mit Dir sein." „Okay", sagte ich, „aber Du weißt, dass danach alles vorbei ist." „Ja."

Ich nahm Melly in den Arm, wischte ihr die Tränen aus dem Gesicht und küsste sie zärtlich auf den Mund. Sie erwiderte den Kuss und legte meine Hand in ihren Schoß. Die Zärtlichkeiten gingen in ein Liebesspiel über, das mit geilem Sex und krönenden Höhepunkten auf beiden Seiten endete. Es war so schön, so vertraut. Melly war glücklich, sie lächelte mich an und drückte mich fest an sich. „Ich werde Dich so vermissen", flüsterte sie mir ins Ohr. „Ich Dich auch", gestand ich ihr. Wir küssten uns und schliefen Arm in Arm ein.

Die nächsten 2 Tage vergingen wie im Flug. Wir arbeiteten, hatten tollen Sex und genossen die finalen Zärtlichkeiten, die wir uns geben durften. Die letzte Nacht mit Melly war wunderschön. Wir kuschelten ganz eng, viele Tränen flossen. Auch

34

für mich war es schwer, Abschied zu nehmen, ich hatte mich an sie gewöhnt und fühlte mich sehr wohl mit ihr.

„Meine Süße, ich wünsche Dir alles Gute. Es war toll mit Dir, danke für alles." Wir küssten uns ein letztes Mal. Melly arbeitete noch 3 Tage bei uns, dann war sie weg. Ob ich sie jemals wiedersehen würde?

2 Jahre Liebe

Die Andrea hatte ihre Prüfungen erfolgreich gemeistert und war wieder gut drauf. „Schatz, tut mir leid, dass ich in den letzten Wochen anstrengend war. Ich hatte Panik, dass ich durchfallen könnte und habe dann wohl den Stress in unsere Beziehung mit hineingenommen. Danke, dass Du so verständnisvoll warst und mir die Zeit und den Raum gegeben hast, den ich brauchte. Aber jetzt ist alles erledigt, ich bin frei und ganz die Alte." Sie umarmte und küsste mich.

Was habe ich für eine tolle Freundin! Ich war froh, dass Andrea von der Sache mit Melly nichts mitbekommen hatte und die Schuld unserer Beziehungskrise auch noch sich selbst in die Schuhe schob. Wir besiegelten unsere Versöhnung mit wunderschönem Sex.

„Wir sind nun fast 2 Jahre zusammen und ich bin wahnsinnig glücklich mit Dir. Hast Du anlässlich dieses Jubiläums einen Wunsch?", fragte ich sie. „Was für einen Wunsch?" „Na, irgendein Geschenk, das Du möchtest, oder einen Ausflug, den wir machen könnten? Worauf hast Du Lust?" Andrea überlegte kurz und strahlte mich an: „Mailand! Ich würde so gerne einmal nach Mailand!" „Okay", sagte ich lässig, „ich schaue, was ich tun kann."

Ich buchte ein schickes 5-Sterne-Hotel im Herzen Milanos und überraschte Andrea am Abend mit der frohen Botschaft. Sie jubelte und umarmte mich: „Danke, das ist so lieb von Dir. Ich liebe Dich, mein Schatz!"

Mailand war wunderschön. Andrea und ich nutzten diese Tage, um zueinanderzufinden und allen Stress hinter uns zu lassen, der an unserer Beziehung genagt hatte. Wir planten unsere gemeinsame Zukunft und versprachen einander, für immer zusammen zu bleiben.

Sandy

Ich war so froh, dass meine Affäre mit Melly nicht aufgeflogen war und dass ich gerade noch die Kurve bekommen hatte. Mailand schweißte mich und Andrea enorm zusammen, und ich versprach mir, von nun an wirklich treu zu sein. Risiken wollte ich keine mehr eingehen, dafür war mir Andrea zu wichtig. Die Zukunftsplanung sah vor, dass Andrea noch 1 Jahr für ihr Studium brauchte und dann ein paar Praktika machen wollte. Die nächsten Wochen vergingen ohne besondere Vorkommnisse, tja, doch dann kam Sandy.

Sandy war ein aufgeschlossenes Mädel aus Berlin, die 14 Tage ein Praktikum bei uns absolvierte. Sie brachte frischen Wind in die Bude. Mit ihrer lockeren Art sorgte sie für Stimmung und gute Laune den ganzen Tag. Sie plapperte wie ein Wasserfall, was aber keinen störte. Dazu kam, dass sie verdammt hübsch war und sich sexy kleidete. Enges Top und Minirock, das war Sandy. Sie war einfach süß.

Sandy vernaschte gerne Männer. Nach ein paar Tagen erfuhr ich, dass sie bereits mit 2 Kollegen im Bett war. Benni und Sascha erzählten mir von ihren Erlebnissen mit Sandy. Ihren Aussagen zufolge war sie der absolute Hammer im Bett. Ich verspürte Lust und Neugierde, doch ich erinnerte mich an mein Versprechen. Was hatte ich mir geschworen: Treu zu sein. Genau. Also, Finger weg! An ihrem vorletzten Tag führte ich ein Abschlussgespräch mit ihr. Mittlerweile waren auch Tom und Joe mit ihr in der Kiste gewesen, und auch ihre Berichte waren reine Lobeshymnen auf die hübsche Berlinerin.

Ich sprach mit Sandy über ihre Zeit bei uns und gab ihr Feedback und Tipps für die Zukunft. Sie saß mir gegenüber, lächelte mich an und meinte, dass sie es hier sehr genossen habe und gerne ein weiteres Praktikum in unserem Haus absolvieren würde. Ich sagte ihr zu. Dann passierte es: Basic Instinct. Wer kennt sie nicht, die legendäre Szene, in der Sharon Stone ihre Beine übereinanderschlägt und ihre Muschi präsentiert, weil sie kein Höschen unter dem Rock trägt. Genauso tat es Sandy.

Sie saß mir gegenüber, Beine gekreuzt, rechts auf links, ihr Minirock offenbarte ohnehin schon viel nackte Haut. Dann kam der Moment, der mich vor Aufregung lähmte: Sie stellte ihr rechtes Bein am Boden ab und legte ihr linkes Bein darüber. Sie machte es langsam und ganz bewusst. Als ich ihre Pussy sah, verstummte ich und starrte wie gebannt in ihren Schoß. 2 oder 3 Sekunden dauerte ihr Stellungswechsel, ich hatte Zeit, alles zu sehen.

Sie hatte einen senkrechten, schön rasierten Schamhaarstrich, ihre Schamlippen waren deutlich sichtbar. Sandy schaute mich an. „Is′ was?", fragte sie mich grinsend. „Du hast nichts drunter", stotterte ich. „Nee, hab ich nicht. Habe ich wohl vergessen." Sie stand auf und kam auf mich zu. Mir wurde heiß.

„Möchtest Du noch einmal schauen?", säuselte sie mich an. „Ja, aber nicht hier", zitterte ich. „Wo denn?" Ich überlegte. Ich wusste, dass Sandy die 2 Wochen bei Verwandten in München wohnte, also ging das nicht. Sie zu mir nach Hause nehmen? Nein, viel zu riskant. Die einzige Chance, die ich sah, war ein Stundenhotel. Ich kannte eines am Hauptbahnhof, dort fuhren wir hin. Wir checkten ein und mieteten ein Zimmer für 2 Stunden. Sandy zögerte keine Sekunde und strippte für mich. Sie hatte sehr schöne Brüste, die sie mir ins Gesicht drückte. Ich leckte ihre Brustwarzen und knetete ihre Titties. Dann setzte sie sich auf einen Stuhl und wiederholte die Basic-Instinct-Szene.

Ich sah genau hin. Wahnsinn! Sie hatte nichts drunter. Wie dreist, dachte ich, wie geil! Sie genoss es, mich beben zu sehen und beauftragte mich, ihr den Rock abzustreifen. Das tat ich gerne. Nun hatte ich volle Sicht auf ihren Schambereich. So süß, so niedlich sah sie da unten aus. Mein Ständer drückte nun schon meine Hose ordentlich nach oben. Das sah Sandy natürlich: „Ui, was ist denn das? Lass mal sehen." Sie öffnete den Reißverschluss meiner Jeans und holte meinen Dude ans Tageslicht. „Geil!", staunte sie und nahm ihn in den Mund.

Ich lag auf dem Bett und ließ mir von Sandy einen blasen. Mit schnellen Bewegungen lutschte sie meinen Schaft, bis ich ihr in den Mund spritzte. Der Blowjob dauerte nicht länger als 4 Minuten, so gut machte sie es. Sie schluckte alles.

„Und, war ich gut?", fragte sie. „Du warst super!", lobte ich sie. „Das war ganz große Klasse!" Sandy grinste. „Hast Du

Lust zu ficken?" „Ja, klar", sagte ich und begann, ihren schönen Körper zu küssen. Dann legte ich mich auf sie und drang in sie ein. Ihre Pussy war eng, fühlte sich aber ziemlich benutzt an.

Mit tiefen Stößen fickte ich sie 10 Minuten in der Missionarsstellung. Dabei beobachtete ich sie. Sie hatte ihre Augen geschlossen, ihre langen, blonden Haare bedeckten das Kopfkissen, ihre Brüste wippten im Ficktempo hin und her. Dann kam Sandy auf mich und ritt mich in der Reiterstellung zum Orgasmus.

Da wir kein Kondom benutzten, zog sie meinen Knüppel kurz davor heraus und wichste mit der Hand zu Ende. Mein Sperma spritzte an ihrem Bauch entlang hoch bis zu ihren Möpsen. 10 Ladungen waren es, bis ich mein Stöhnen einstellte und mein Glied in ihren Händen erschlaffte.

„Also, von den Jungs hier warst Du der beste Ficker", wertete Sandy. „Danke." Ich war stolz, fühlte mich aber gleichzeitig benutzt. So ein Luder, dachte ich, so eine Schlampe. Diese freche 22-Jährige treibt es mit jedem und führt auch noch eine Rangliste. Aber egal, ich hatte das bekommen, was ich wollte, genau wie sie. Ein fairer Deal.

Wir zogen uns an und fuhren zurück ins Büro. Ich bat Sandy, Stillschweigen zu bewahren und keinem von unserem One Night Stand zu erzählen. Am nächsten Tag flog Sandy zurück nach Berlin.

Samira

Einmal im Jahr findet in München ein Tennis/Squash/Badminton-Turnier statt, bei dem der Spaßfaktor an erster Stelle steht. Gespielt wird im zugelosten Mixed-Modus. Ich freute mich sehr auf dieses Sonntagsturnier und bat Andrea, mich zu begleiten. Meine Spielpartnerin hieß Samira. Ich schaute in die Runde. Eine hübsche, dunkelhäutige Frau mit langen, schwarzen Haaren und endlosen Beinen stolzierte auf mich zu. Sie war etwa 1,85 m groß, größer als ich also. Na toll, dachte ich, was willst Du mit der Bohnenstange?

Bevor das erste Match losging, meinte ich zu Andrea: „Das kann ja heiter werden. Schau die Dir an. Die weiß doch nicht mal, wie man einen Schläger hält." Leider hatte ich Recht. Samira war keine queen of court, nur eine begeisterte Hobbysportlerin, gesegnet mit wenig Talent. Die erste Disziplin war Tennis. Schon beim Einspielen merkte ich, wie ungeschickt sie war und mehr Bälle verschlug als traf. Ich warf Andrea einen vielsagenden Blick zu, sie lachte.

Während ich wie Tiger kämpfte, amüsierte sich Andrea prächtig. Sie weiß, wie ehrgeizig ich bin, und so etwas macht mich wahnsinnig. Mit viel Glück und meinem Geschick gewannen wir 6:4 und verließen den Platz als Sieger. Samira lächelte mich an und bedankte sich bei mir für meinen Einsatz: „Du hast toll gespielt!" „Du auch", meinte ich trocken. „Komm, ich bin halt nicht so gut wie Du", stieß sie mich an. „Nicht schlimm, das schaffen wir schon", lenkte ich ein.

Nach einer Pause stand Match Nummer 2 an. Diesmal waren wir echt gut, auch Samira spielte okay, und wir siegten 6:2. „Juhu!", jubelte sie voller Freude. „Wir sind die Besten!" Andrea wollte nach Hause, um an ihrer Heimarbeit zu schreiben. Sie gab mir einen langen Kuss und wünschte mir Glück. Bevor es mit Squash weiterging, machten wir Mittag. Samira und ich aßen Pizza. Dabei verriet sie mir mehr von sich: „Ich bin 25 und gebürtige Ägypterin, lebe aber schon seit 10 Jahren in Deutschland, zuerst in Koblenz, jetzt in München. Ich studiere Musik und möchte Konzertpianistin werden."

Ich betrachtete ihre Hände. Sie waren schön, zart, ästhetisch. Ihre Finger waren dünn und lang. „Mein Freund ist Musikprofessor an der Uni, er ist 25 Jahre älter als ich. Wir wohnen zusammen im Süden Münchens. Ich habe aber auch eine eigene, kleine Bude in Riem, nahe der Messe." Je länger ich mich mit ihr unterhielt, desto mehr gefiel sie mir. Sie sah echt gut aus. Ihre langen Beine, ihr knackiger Po und ihre Möpse törnten mich an.

Zurück zum Sport. Squash spielte sie besser als Tennis, was mich erfreute, jedoch trafen wir auf Gegner, die einfach zu gut für uns waren. Wir verloren beide Spiele und ärgerten uns fürchterlich. Dafür waren die Pausengespräche umso netter. Wir näherten uns an. Bevor wir zum Badminton übergingen, massierte sie mir meine Schultern und meinen Rücken, da ich dort einige Verspannungen spürte. Sie konnte das sehr gut.

Genauso gut spielten wir unsere Badminton-Matches. Wir beendeten das Turnier mit 4 Siegen und 2 Niederlagen, einer Bilanz, mit der ich leben konnte. Wir bekamen eine Urkunde und einen Gutschein für dreimal kostenlose Hallennutzung je 1 Stunde. Nach der Zeremonie fragte mich Samira: „Hast Du Lust auf Sauna?" „Warum nicht", antwortete ich, „ist immer gut nach dem Sport."

In der Sauna sah ich, was Samira zu bieten hatte: einen wunderschönen Körper. Ihre Brüste waren mittelgroß und fest, ihre Muschi blank rasiert. Man hätte sie für ein Model halten können. Ihr Gesicht war fein und hatte schöne Konturen. Samira merkte, wie ich sie anstarrte und grinste: „Ganz schön neugierig der Herr, wie?" „Naja", meinte ich, „gucken darf man doch, oder?" Bewusst positionierte sich Samira so, dass ich eine perfekte Sicht auf ihre Vagina hatte.

Dieses Spiel gefiel mir. Sie fixierte mich und versuchte, mich anzumachen, was ihr auch gelang. Mit einem Halbsteifen verließ ich schnell die Sauna. Samira grinste. Zum Glück hatte keiner der Anwesenden etwas mitbekommen. Ich duschte kalt, um mich wieder zu beruhigen. Samira kam auf mich zu und setzte erneut alle ihre erotischen Reize ein, um mich heiß zu machen. Ich hätte sie so gerne direkt genommen und gefickt, aber das ging nicht. Außerdem erwartete mich Andrea.

Wir machten einen Squashtermin für die nächste Woche aus und verabschiedeten uns. Andrea war stolz auf mich, als ich ihr vom Turnier erzählte: „Trotz Samiras Unvermögen hat es Dein Bärchen geschafft, 4 von 6 Spielen zu gewinnen. War echt hart mit der." Andrea hatte eine Überraschung für mich: In ihrem Schlafzimmer erwarteten mich ein paar Duzend Teelichter und eine Ganzkörpermassage, die mit einem happy ending einen krönenden Abschuss fand.

3 Tage später stand Samira auf meinem Plan. Ich zeigte Andrea den Gutschein, der auf Samira und mich ausgestellt war. Sie bedauerte mich: „Du Armer, jetzt musst Du auch noch mit der spielen." „Ja", meinte ich leidend, „dreimal. Wir müssen den Gutschein einlösen, wäre schade darum."

Andrea erzählte ich, dass wir von 18 bis 19 Uhr spielen würden, in Wirklichkeit trafen wir uns schon um 16 Uhr. Samira schaute nicht schlecht, als ich ihr erzählte, dass ich den Platz erst für 18 Uhr reserviert hatte. „Und was sollen wir bis dahin machen?", fragte sie mich mit großen Augen. „Hast Du Lust?" „Worauf?" Ich schaute ihr in die Augen. Sie begann zu strahlen: „Sollen wir?" „Ja, von mir aus gerne." „Aber Du hast doch eine Freundin." „Genauso wie Du einen Freund hast."

Wir fuhren in Samiras kleine Riemer Bude und vergeudeten keine Zeit. Schnell waren wir nackt und begannen, uns überall zu küssen. Ich war noch nie mit einer so dunkelhäutigen Frau im Bett, aber irgendwann muss ja das erste Mal sein. Sie zog mir ein Kondom über und ich fickte sie nach Strich und Faden, bis ich kam. Sie hechelte: „Mann, war das ein Fick! Du hast es mir ordentlich besorgt. Ich bin noch nie zweimal hintereinander gekommen." Das hatte ich gar nicht gemerkt. Entweder war ich zu beschäftigt gewesen, oder ihre Orgasmen waren von Natur aus klein und ruhig. Wir zogen uns an und fuhren in die Sporthalle, wo wir 1 Stunde Squash spielten.

„Und, wie war's?", fragte mich Andrea am Abend. „Es geht so", meinte ich nüchtern. „Toll war es nicht, aber immerhin habe ich mich bewegt." Wir lachten. 1 Woche später dasselbe: Diesmal traf ich mich schon um 15 Uhr mit Samira. Wir hatten 2,5 Stunden Zeit, um uns zu vergnügen. Zuerst ließ ich mir von Samira einen blasen.

Im Zeitlupentempo lutschte sie meinen Penis auf und ab und spielte mit ihrer Zunge Tremolo an meiner Eichel. Es war göttlich! Ich spürte den Orgasmus näher kommen. Schließlich war es soweit: Ich stöhnte auf und spritzte meine Ladung in ihren Mund. Samira zuckte und schluckte brav. Manches lief aus ihrem Mund heraus, was mich noch mehr antörnte.

Danach ließ ich mich von ihr ficken. Samira ritt mich ebenfalls in Slowmotion. Zuerst spürte ich nicht viel, aber diese Frau wusste, was sie tat. Von Sekunde zu Sekunde wurden meine Adern dicker und rückte mein Höhepunkt näher. Ich wollte unbedingt, dass sie es mit ihrer Hand zu Ende macht. Ich war gespannt, wie es sie anfühlt, von einer großen Hand mit diesen langen, dünnen Fingern gewichst zu werden. Samira erfüllte mir den Wunsch. Ich erwartete es auf die langsame Tour, doch sie überraschte mich mit schnellen Bewegungen. „Ich komme!", stöhnte ich. Samira rieb noch schneller und sah zu, wie mein Sperma herausgeschossen kam.

Gekonnt züngelte sie an meiner Penisöffnung rum, was die Spritzer in alle Richtungen verteilte. Danach leckte ich sie zu ihrem Orgasmus, den ich diesmal visuell und akustisch deutlich mitverfolgen konnte. Nach dem geilen Sex fuhren wir in den Sportpark und spielten Squash. Die Woche darauf trafen wir uns zum letzten Mal. Wir vögelten in allen möglichen Varianten, bis auf Doggy Style, das mochte sie nicht. Es war wieder guter Sex, aber mehr wollte ich nicht.

„Ich denke, es ist besser, wenn wir es dabei belassen, sonst gefährden wir unsere Beziehungen." „Wieso? Ist Deine Freundin misstrauisch geworden?" „Noch nicht, aber bevor das passiert ...". Samira schluckte. „Schade, ich fand das sehr schön mit Dir, den Sex und so." „Ja, aber es ist besser so, glaube mir." Sie nickte resignierend. „Na gut, wenn Du es so willst."

Unsere Abschiedspartie Squash war nur noch Formsache, die Stimmung auf dem Nullpunkt. Samira war traurig und enttäuscht, aber ich muss ja schließlich an mich und an meine Beziehung denken. Ich dankte ihr für die schöne Zeit und den tollen Sex. Sie lächelte gequält, umarmte mich und fuhr in ihrem Sportwagen davon.

Zukunftsplanung

Andrea wollte etwas Wichtiges mit mir besprechen. Vorsichtig fing sie an: „Schatz, ich bin bald mit meinem Studium fertig, ich stehe vor den letzten Prüfungen. Wir sind nun schon über 2 Jahre zusammen und ich bin wahnsinnig glücklich mit Dir. Ich möchte meine Zukunft mit Dir verbringen. Hast Du Lust, dass wir nächstes Jahr zusammenziehen?"

„Klar", schoss es aus mir heraus. „Klar habe ich Lust!" Ich umarmte sie und küsste sie leidenschaftlich. „Stell Dir vor, so eine 90 m² Wohnung außerhalb von München mit Garten." „Oh, das ist schön", säuselte sie, „ich kann es kaum erwarten." Wir küssten uns und lagen uns zeitlos in den Armen.

1 Woche später erzählten wir unseren Eltern von unserem Vorhaben und erhielten Zuspruch von allen Seiten. Andreas Eltern sahen mich sowieso schon als Teil ihrer Familie an, sie versprachen, uns mit allen Kräften bei der Wohnungssuche und beim Umzug zu unterstützen.

Liebesurlaub in Spanien / Simone Pt. II

Im März flogen Andrea und ich nach Spanien. Soma Bay hatte uns so gut gefallen, dass wir erneut Robinson buchten. Andrea wollte unbedingt nach Andalusien, ich war einverstanden. Dort befindet sich der Club Playa Granada. Wir flogen von München nach Málaga, von dort waren es noch 1,5 Stunden mit dem Bus.

Der Club liegt sehr schön direkt an der Sierra Nevada. Nette Animateure begrüßten uns mit Champagner, wir fühlten uns auf Anhieb wohl. Ich war wahnsinnig glücklich mit Andrea und freute mich auf wunderschöne 14 Tage mit ihr.

Am Abend erlebte ich eine Überraschung. Beim Essen setzte sich Simone zu uns an den Tisch. Simone, die Masseuse aus Soma Bay. Ich erkannte sie sofort wieder. Sie arbeitete nun im Playa Granada und konnte sich an mich erinnern. „Hey, wir kennen uns doch aus Ägypten", grinste sie. „Wie geht's Deinem Rücken?" „Alles gut seit Deiner Behandlung." Ich stellte Simone Andrea vor und wir unterhielten uns nett zu dritt.

Mir war eines klar: Ich musste wieder zur Massage gehen! Doch wie? Im Bett klagte Andrea über Hüftschmerzen. Ich schlug ihr vor, einen Termin bei Simone zu machen: „Die ist echt gut, die weiß, was sie tut. Gönne Dir ein paar Massagen. Deine Verspannungen werden sich lösen, Du wirst Dich wie neu geboren fühlen."

„Meinst Du?" „Klar", sagte ich, „lieber jetzt vorsorgen, als dann richtig Schmerzen haben." „Dann nimm Du auch ein paar Termine, damit Du fit bleibst, okay?" Wie gerne stimmte ich ein. Am nächsten Morgen gingen wir zur WellFit-Area und trugen uns für den späten Vormittag ein.

Während Andrea die Massage genoss, machte ich einen Strandspaziergang nach Motril. Dann war ich an der Reihe. Ich verabredete mich mit Andrea zum Mittagessen und betrat das Zimmer von Simone. „Na, alles Roger in Kambodscha?", lächelte sie mich an. „Ja, bei Dir auch?" „Alles gut. Du hast übrigens eine sehr liebe und hübsche Freundin. Immer noch die von damals?" „Ja."

„Schön. Sie liebt Dich wirklich, sie hat in den höchsten Tönen von Dir gesprochen." „Ich liebe sie auch, sie ist klasse", bestätigte ich Simones Eindruck und zog mich aus. Simone hatte sich kaum verändert: Ihre langen, schwarzen Haare, ihr bildhübsches Gesicht und ihr perfekter Körper machten sie zu einer Sexgöttin. Ihre Augen strahlten pure Erotik aus, dass ich sofort einen Hubbel in der Hose bekam.

Simone grinste und meinte, ich solle mich erst einmal auf den Bauch legen. Mit ihren sanften Händen begann sie mich zu massieren. Nach 20 Minuten durfte ich mich endlich umdrehen. „Soll ich?", fragte sie mich mit aufreizendem Blick. „Du meinst …". „Ja." „Ja." Sie zog meine Badehose aus und begann mit ihrer Spezialmassage. Ich fühlte mich wie im siebten Himmel. Während sie mit ihrer linken Hand meine Brust streichelte, wichste sie mit ihrer rechten Hand und Öl meinen Schwanz.

Ihre Bewegungen wurden immer schneller, bis ich meinen Orgasmus ankündigte. Sie stoppte abrupt, drückte fest zu und blockierte so den Höhepunkt. Viermal trieb sie mich so an den Rande des Wahnsinns, bis sie schließlich mit kräftigen Auf-und-Ab-Bewegungen ihr Werk vollendete. Mein Sperma spritzte 1 m hoch, dann einen halben, dann einen viertel, dann floss es noch ein wenig heraus, bis es alle war. „Du spritzt ja immer noch genauso wild wie damals", lachte sie und wischte die Soße von ihren Händen und meinem Körper. „Kein Wunder, wenn Du es so geil machst", lobte ich sie.

Glücklich verließ ich Simones Massagekabine und traf mich mit Andrea zum Essen. Am Nachmittag spielten wir Tennis und nahmen an einem Flamencokurs teil. Dabei wurden wir so geil, dass wir schnell aufs Zimmer liefen und Bettgymnastik praktizierten. Ich fickte Andrea, bis ich kam. Sie wollte es unbedingt mit dem Mund zu Ende machen und schluckte mein Sperma komplett.

Am nächsten Tag stand die zweite Massage bei Simone an. Nachdem Andrea raus war, durfte ich rein. Die Rückenmassage fiel diesmal ziemlich kurz aus, Simone hatte andere Pläne. Nachdem sie meinen Penis steif gewichst hatte, kam sie zu mir auf die Massageliege und sorgte in der Reiterstellung für massiv Action.

Ihre wunderschönen Brüste wippten auf und ab, ihre blank rasierte Muschi fühlte sich so soft, so warm, so zart an, das war der Hammer! „Hast Du Lust, mich zu ficken?", fragte sie plötzlich. „Klar", meinte ich. „Leg Dich hin." Simone machte es sich bequem und spreizte ihre Beine. Hinein ins Paradies stieß ich ihn. Simone stöhnte auf. Ich war verdammt erregt und genoss es, diese Traumfrau zu nageln.

Als ich kam, zog sie ihn aus ihrer Scheide und machte es mit der Hand zu Ende. Mein Samen schoss heraus und spritzte ihren ganzen Körper voll. Die erste Ladung ging ihr sogar ins Gesicht. „Geil", lechzte sie. Ich war glücklich, zog mich an und traf mich mit Andrea.

Am Abend verhielt sich Andrea etwas seltsam. „Was ist los?", fragte ich sie. „Die Simone, die gefällt Dir, oder?" „Wie kommst Du darauf?", fragte ich erschrocken zurück. „Naja, so wie Du sie anschaust, und sie Dich." „Ich bitte Dich, Schatz", beruhigte ich Andrea, „das bildest Du Dir nur ein. Wir kennen uns aus Ägypten, sie ist einfach nur nett, mehr nicht. Klar ist sie hübsch, aber ich interessiere mich nicht für sie. Ich bin mit Dir zusammen, Du bist die Frau, die ich will." Ich küsste sie.

Andrea schien zufrieden zu sein. „Ich bin anstrengend, oder?", blickte sie mich reumütig an. „Ach was, ist doch nicht schlimm. Wenn etwas ist, frage mich einfach, sonst entstehen Missverständnisse, das wäre nicht gut für unsere Beziehung. Du weißt, ich liebe Dich über alles. Nur Du bist die Frau meines Lebens."

Am nächsten Tag stand die dritte und letzte Massage bei Simone an, doch so richtig freuen konnte ich mich nicht. Andreas Theater spukte in meinem Kopf herum. Sie hatte natürlich Recht mit ihrer Vermutung, ich durfte nun keinesfalls auffällig werden. Simone erwartete mich und lächelte: „Deine Freundin wollte es aber genau wissen. Die hat mich voll ausgehorcht." „Inwiefern?", fragte ich. „Na, wir haben uns über Männer unterhalten und sie wollte, glaube ich, irgendeinen Anhaltspunkt finden, um uns beide miteinander in Verbindung zu bringen." Ich verstummte. „Sie fragte mich, ob ich einen Freund habe, welche Typen mir gefallen und ob es mal vorkommt, dass ich etwas mit Gästen habe."

„Und was hast Du geantwortet?", schoss es zittrig aus mir heraus. „Ich habe ihr die Wahrheit gesagt." „Und die wäre?" „Na, dass ich ab und zu etwas mit Gästen habe." „Na toll", meckerte ich, „jetzt wird sie sich ihren Teil denken." „Quatsch, ich sagte ihr, dass ich auf große, muskulöse Typen mit blonden Haaren stehe, Surfer-Typen."

Ich war zufrieden: „Puh, und wie hat sie reagiert?" „Sie war sehr erleichtert, denn dann war sie still und entspannt." Ich atmete tief ein und aus. Das wäre fast schief gegangen. Glück gehabt.

Simone war fleißig am Massieren und fragte mich, ob ich mich umdrehen wolle. „Du, wir belassen es heute bei der Rückenmassage, so schön das andere auch ist, aber mein Kopf ist jetzt nicht frei dafür." „Kann ich verstehen", meinte Simone und arbeitete weiter, während ich nur an Andrea denken musste. Ich hatte so viele Fragezeichen im Kopf, dass mir fast schwindelig wurde.

Andrea schaute mich traurig an, als wir uns wiedertrafen. Sie senkte ihren Kopf. „Schatz, was ist los?", fragte ich sie. „Nichts", antwortete sie in einem monotonen Ton. Na gut, dachte ich, dann halt nicht. Wir gingen in den Pool und schwammen ein paar Bahnen. Kein Blickkontakt, kein Wort. Schließlich kam Andrea zu mir und nahm mich ganz fest in den Arm.

„Entschuldigung, es tut mir so leid." „Was denn?" „Na, dass ich gedacht habe, Du hättest etwas mit ihr." Sie begann zu weinen. „Ich habe Dir nicht geglaubt und sie heute ausgefragt. Als sie sagte, sie habe ab und zu Sex mit Gästen, ist mein Herz vor Angst fast stehen geblieben, aber dann sagte sie, dass sie nur auf Surfer-Jungs abfährt, braungebrannte, muskulöse, blonde Typen, da war ich so erleichtert. Ich dachte echt, ihr hättet etwas miteinander oder … ach, ich weiß auch nicht, ich war total panisch und malte mir die schlimmsten Szenarien aus. Es tut mir leid. Bitte verzeihe mir."

Mir kamen die Tränen. Zum einen, weil ich so ein falscher Hund bin, zum anderen, weil ich Andrea über alles liebe und ihr nicht wehtun möchte. „Mein Schatz, mach Dir keinen Kopf", tröstete ich sie. „Natürlich verzeihe ich Dir. Du brauchst nicht hinter meinem Rücken zu spionieren.

Ich habe keine Geheimnisse vor Dir. Du bist die einzige Frau in meinem Leben. Du kannst mir absolut vertrauen. Ich liebe nur Dich." Mann, bin ich ein Lügner. Ein Dreckskerl. Ein Schweinehund. Mit wie vielen Frauen hatte ich während meiner Beziehung mit Andrea schon Sex gehabt? 10? Nein, mehr. 20 oder 30 waren es mit Sicherheit bis hierhin. Ich bin halt ein Womanizer, ein toller Kerl, dem die Frauen zu Füßen liegen. Das ist die Realität, das bin ich, das ist mein Schicksal.

Aber nun mal im Ernst: Ich merkte, ich hatte es mal wieder übertrieben. Stopp! Besinn Dich, konzentriere Dich auf Andrea und behandle sie fair! Diese Gedanken schossen durch meinen Kopf. Ich versprach mir, Andrea von nun an treu zu sein … zumindest die nächsten Wochen.

Der Urlaub war wunderschön. Andrea und ich genossen die Tage im sonnigen Andalusien. Unsere Ausflüge nach Granada und Málaga waren spannend und bereichernd. Wir trieben viel Sport und relaxten am Meer. Wir hatten täglich Sex, meist nach dem Aufstehen und am Abend vor dem Einschlafen. Ich stellte fest, dass der Sex mit Andrea immer noch intensiver und besser wurde, inniger und befriedigender. Dann ging es wieder zurück nach München, wo uns beide viel Arbeit erwartete.

3 Jahre Liebe

Andrea war fleißig gewesen. Auch die zweite Prüfung hatte sie mit Bravour gemeistert. Pünktlich zu unserem 3-jährigen Jubiläum stand die letzte an. Andrea war sehr nervös und der Vormittag dauerte eine Ewigkeit. Dann kam der befreiende Anruf: „Schatz, ich habe alles gewusst und bestanden. Jetzt bin ich fertig. Juhu!" Ich freute mich tierisch. Andrea hatte ihr Studium erfolgreich abgeschlossen, und das mit hervorragenden Noten. Ich war so stolz auf sie. Zur Belohnung gingen wir am Abend in ein Nobelrestaurant, das mich satte 160 € kostete.

Andrea fühlte sich wie neu geboren. Der Sex mit ihr erreichte neue Höhen. Sie war noch leidenschaftlicher und geiler, noch glücklicher danach. Als wir eines Abend eng umschlungen im Bett lagen, meinte sie plötzlich: „Du, weißt Du was? Ich möchte Kinder von Dir." Ich blickte sie überrascht an. Andrea strahlte über beide Ohren und küsste mich zärtlich. „Nicht jetzt, aber in 2 oder 3 Jahren." Damit war ich einverstanden: „Ja, ich möchte das auch, Liebling." Sex.

3 Jahre waren wir nun zusammen, 3 Jahre voller Liebe, aber auch 3 Jahre voller Fremdgehen vom Allerfeinsten. Aber so schlimm war das nicht. Andrea hatte nie etwas mitbekommen, so sollte es auch bleiben. Ich brauche halt andere Frauen nebenher, den Kick, den Trick, den Fick. Das hält mich jung und dynamisch, sexy und gut im Bett. Ich nehme und gebe, lerne und bringe bei. Große Frauen, kleine Frauen, Blondinen, Brünette, Dunkelhaarige, alle sind willkommen, nur schön müssen sie sein. Und das alles kommt unserer Beziehung zu Gute.

3 Jahre Andrea und ich, das war eine Belohnung wert. Ich nahm mir 1 Woche frei und organisierte ein schönes Hotel in den Schweizer Alpen. Es erwarteten uns FeelGood und Wellness, Erholung und Entspannung ... und mich noch mehr.

Michèle

Im Hotel lernten wir Michèle kennen, eine äußerst hübsche 27-jährige Blondine aus München. Beim Frühstück kamen wir ins Gespräch. Andrea mochte sie auf Anhieb, auch ich war äußerst angetan. Michèle war Heilpraktikerin und genoss 1 Woche Auszeit vom Berufsstress. Sie erzählte uns, dass sie frisch getrennt sei und von Männern erst einmal die Schnauze voll habe. Alles Betrüger und Idioten, meinte sie, halbstarke und egoistische Affen, die keine Ahnung davon haben, was Frauen wollen.

Michèle war genau mein Typ. Etwa 1,70 groß, schlank, zierlich, knapp über 50 kg und ein Gesicht, das schöner nicht sein konnte. Am Nachmittag hatte die Andrea eine 90-minütige Wohlfühlmassage, was mir die Möglichkeit gab, Michèle näher zu kommen. Ich wusste, dass Michèle in ihrem Zimmer war, also stattete ich ihr einen Besuch ab. „Hey, was machst Du denn hier?", begrüßte sie mich erstaunt. „Ich wollte mal schauen, wie es Dir geht", grinste ich. Ich hatte nicht viel Zeit, aber diese wollte ich nutzen.

„Pass auf", begann ich das Gespräch, „Du weißt, ich bin mit Freundin da, aber ich würde jetzt gerne Sex mit Dir haben." Michèle war sprachlos. Sie schaute mich mit großen Augen an. „Guck nicht so. Küsse mich oder schmeiß mich raus", forderte ich sie auf, etwas zu unternehmen. Sie küsste mich. Ich trug sie aufs Bett, wo wir zur Sache kamen. Schon war sie nackt. Ihr Körper war bis dato der schönste, den ich je gesehen hatte. Makellos und perfekt. Unten blank rasiert. Ich küsste jeden Zentimeter ihrer Haut, bevor ich ihre Klitoris in Angriff nahm und mit meiner Zunge streichelte.

Nach wenigen Minuten bäumte sich ihr Becken auf und sie hatte ihren Orgasmus. „Mann, war das geil!", lobte sie mich und wischte sich den Lustschweiß aus ihrem Gesicht. „Und jetzt fick mich." Mein ohnehin schon steifer Penis freute sich, in die süßeste Muschi aller Zeiten einzutauchen. Michèle war eng, warm und nahm meinen Schwanz gierig in sich auf. Ich vögelte sie, bis der Druck zu viel wurde und ich ejakulierte.

Da wir kein Kondom benutzten, zog ich ihn schnell heraus und ließ Michèle zu Ende wichsen. Ihre Hand passte wie extra dafür gemacht um meinen Penis, ihr Griff war genial, die Geschwindigkeit, mit der sie arbeitete, genau richtig. 12 Ladungen entlockte sie mir, es war heftig. „Megageil!", stöhnte ich glücklich, während ich mich anzog. „Das bleibt unter uns, klar?" „Klar", nickte Michèle und grinste. „Wenn das Andrea wüsste …".

Ich eilte in den Wellnessbereich, wo ich Andrea von der Massage abholte. Sie umarmte mich und strahlte: „Es war so schön, Schatz. Ich fühle mich wie neu geboren." Ich auch. Beim Abendessen sah ich Michèle wieder. Sie verhielt sich super professionell und gab Andrea keinen Anhaltspunkt, irgendetwas zu vermuten. Als Andrea auf Toilette war, verabredete ich mich mit Michèle für den nächsten Morgen.

„Schatz, morgen früh möchte ich 1 Stunde joggen, so gegen 7:30 Uhr, kommst Du mit?" Die Antwort auf diese Frage wusste ich schon im Vorhinein: „Nein, ich möchte ausschlafen. Lass uns um 9 Uhr zusammen frühstücken, okay?" „Okay." Ich hatte es mal wieder geschafft. Ich bin der Beste. Ich kenne meine Andrea in- und auswendig. Ich hatte richtig gepokert.

Um 7:15 Uhr am nächsten Morgen war ich auf dem Weg zu Michèle, die mir hocherfreut die Tür öffnete. „Na, Tiger, alles paletti?" „Ja, wir haben 1,5 Stunden Zeit, um 9 Uhr ist Frühstück angesagt. Ich habe ihr gesagt, ich bin beim Joggen." „Du bist ein Schlawiner", lachte sie und zog mich zu sich aufs Bett. 20 Sekunden später war ich nackt. Michèle schälte sich aus ihrem Morgenmantel und legte sich auf mich.

Sie küsste meine Brust, meinen Bauch, meinen Penis. Mit kreisender Zunge umfuhr sie meine Eichel und leckte meinen Penisschaft auf und ab, ehe sie ihn tief in den Mund nahm. Ich sah zu, wie unglaublich schön sie mir einen blies. Es war ein Blowjob fürs Lehrbuch. Immer wieder veränderte sie Tempo und Intensität, bis ich reif für den Cumshot war. „Ich komme!", lechzte ich und krampfte zusammen. „Jetzt!", atmete ich aus und spritzte meinen Samen tief in ihren Mund. Michèle blies weiter, ohne mit der Wimper zu zucken.

Sie schluckte alles. „Normalerweise schlucke ich nicht, aber bei so einem schönen Exemplar wie dem Deinen mache ich eine Ausnahme." Ich freute mich.

Wir lagen da und streichelten uns ein paar Minuten, bis Michèle den Wunsch äußerte, mit mir schlafen zu wollen: „Fick mich." Von hinten nahm ich sie Doggy. Tiefe, harte Stöße versetzte ich ihr, dann kurze, schnelle. „Jetzt will ich auf Dir reiten", rief Michèle und sprang auf mich drauf. Es war geil, ihren Traumkörper in Action zu sehen. Ihre blonden Haare wehten durch den Raum, ihre Brüste wippten fröhlich auf und ab, immer wieder sauste sie hinunter und bereitete mir Gefühle der Ekstase. „Warte, ich komme gleich", warnte ich sie, da wir erneut kein Kondom benutzten.

Schwupps, hockte sie neben mir und beendete den Sex mit ihrer Hand. „Ah!", stöhnte ich und ließ mich gehen. Mein Sperma schoss aus der Röhre und die Glückszuckungen ergriffen meinen ganzen Körper. Michèle wichste mit konstanter Geschwindigkeit weiter, bis es zu Ende war und ich sie in den Arm nahm: „Wahnsinn, wie gut Du das machst!"

Verdammt, es ist spät, schon 8:50 Uhr! Ich hatte die Zeit fast vergessen. Jetzt schnell anziehen und zum Frühstück. Andrea wartete schon auf mich und begrüßte mich mit den Worten: „Na, da sieht aber einer fertig aus." „Die Hügellandschaft hier ist ganz schön anstrengend", pustete ich und setzte mich erschöpft an den Tisch. 10 Minuten später kam Michèle, die wir herzlich begrüßten und zu uns an den Tisch winkten.

Die nächsten Tage hatte ich keine Chance zu tricksen. Andrea wich keine Minute von meiner Seite. Pech. Michèle kapierte meine Zeichensprache und signalisierte Verständnis. Die restlichen Tage vergingen, ohne, dass ich Michèle poppen konnte. Zum Abschied tauschten wir unsere Handynummern und ich zwinkerte Michèle zu. Sie verstand: Wir würden uns wiedersehen.

Zurück zu Hause, ließ es Andrea lockerer angehen. Sie plante für das kommende Jahr 2 Praktika. Doch bis Weihnachten wollte sie ausspannen und sich erholen. Sie fuhr für ein paar Tage zu ihrer Oma Gertrud nach Köln. Perfekte Gelegenheit, um Michèle zu daten.

Michèle freute sich riesig, meine Stimme zu hören und sagte sofort für den Abend zu. Sie wohnte nur 30 Minuten von mir, ein Katzensprung. Sie empfing mich mit einem zärtlichen Kuss. Ihre Wohnung war groß und schön. Auf 150 m² lebte sie.

„Wow, Du hast eine schicke Wohnung, und alles Designermöbel. Die müssen ja irre teuer gewesen sein!", staunte ich. „Weiß nicht, ich habe die Wohnung mitsamt Möblierung von meinen Eltern geschenkt bekommen, die haben mächtig Knete." Aber ich war nicht wegen der Wohnung da, sondern wegen Michèle.

„Wenn Du möchtest, bleibe ich über Nacht, Andrea ist für ein paar Tage weg", erklärte ich ihr voller Vorfreude. „Geil", grinste sie, „dann lass uns mal loslegen, ich habe eine Kleinigkeit vorbereitet." Sie führte mich ins Badezimmer, wo mich eine volle Wanne erwartete. Duftkerzen, Steinlampe und Kekse standen auf einem schön dekorierten Tisch im Raum.

„Ausziehen und hinein", jubelte ich. „Erster." Michèle lächelte und dunkelte das Licht ab. Sie verschwand kurz und legte eine CD ein. Dann kam sie wieder. Hocherotisch strippte sie für mich und stieg zu mir in die Wanne. Nach romantischem Geknutsche und ersten Fummeleien verlagerten wir das heiße Geschehen ins Wohnzimmer und machten es uns auf dem Riesensofa gemütlich.

„Hast Du schon einmal Sex vor der Kamera gehabt?", fragte sie mich plötzlich. „Hast Du Lust? Wir filmen uns und schauen es uns danach an. Das törnt voll an." „Okay", antwortete ich, „aber danach löschen wir es." „Klar", beruhigte sie mich. „Keine Sorge." Michèle holte unter dem Sofa eine Videokamera hervor und platzierte sie auf dem Wohnzimmertisch, der etwa 3 m vom Sofa entfernt war. „Go, wir können loslegen", rief sie und machte sich sofort an meinem Zauberstab zu schaffen.

Als er steif war, wollte sie geleckt werden. „Warte einen Moment", unterbrach sie und schnappte sich die Kamera, „ich filme jetzt manuell." Sie spreizte ihre Beine weit, während ich ihren Venushügel küsste. Sie hielt die Kamera in der Hand und hielt voll auf mich drauf. Irgendwie machte mir das Angst, irgendwie machte mich das aber auch total geil.

Ich leckte sie mit meiner Spezialtechnik, bis sie bebend ihren Orgasmus erreichte. „Wahnsinn, das war geil", stöhnte sie und übergab mir die Kamera. „Jetzt kannst Du filmen, wie ich es Dir besorge. Stell Dich hin." Ich stand da und filmte an mir herunter, wie Michèle mir kniend einen Blowjob gab. Sie sah aus wie ein Engel. Diese point-of-view-Einstellung gefiel mir, so durfte sie es gerne zu Ende machen. Ohne sie auf meinen Samenerguss vorzubereiten, kam ich in ihren Mund. Michèle zuckte, doch führte ihre Arbeit beherzt zu Ende. Nachdem ich die ersten Spritzer komplett in ihrem Mund versengte, lief mein Sperma aus ihrem Mündchen heraus und tropfte auf ihre Knie hinunter. Ein Bild für Götter! Mit Hand und Mund machte sie weiter, bis es fertig war und ich mich erschöpft aufs Sofa fallen ließ. „So, Aufnahmestopp." Sie drückte den roten Knopf und legte die Kamera beiseite.

Nach ein paar Minuten meinte sie: „Und, Lust, das Tape anzuschauen?" „Klar", meinte ich, „ich bin total gespannt, wie es geworden ist." Michèle steckte die Kamera an ihr TV-Gerät an. „Los geht's." Ich sah gut aus. Michèle auch. Man spürte die Erotik, die Leidenschaft, den Sex. Ich sah, wie ich Michèle leckte. Zum ersten Mal sah ich dies aus Perspektive einer Frau. Es sah geil aus. Mein Gesicht befand sich in ihrem Schoss, meine Zunge spielte verrückt, immer wieder blickte ich in die Kamera. Im Hintergrund hörte man Michèle stöhnen. Als sie kam, wackelte das Bild. Ich sah, wie ihr Körper zitterte. Gnadenlos leckte ich ihre Klitoris weiter, bis sie tief und glücklich ausatmete.

Ich hatte schon längst wieder einen Steifen und hätte am liebsten sofort wieder Sex mit ihr gehabt, doch das Video lief weiter, und es folgte der Teil, wo sie mir einen blies. Es war unglaublich geil, dies zu sehen. Der Blowjob dauerte 4:35, bis ich ejakulierte. Es war so süß, wie Michèle von meinem Samenerguss überrascht wurde, wie sie kurz schluckte und die Augen schloss, dann eine Ladung nach der anderen aufnahm und aus ihrem Mund herauslaufen ließ. Ich musste diese Aufnahme haben! „Du, das ist so geil, dass ich jetzt mit Dir schlafen möchte", hauchte ich ihr ins Ohr.

Michèle zögerte keine Sekunde, um mir diesen Wunsch zu erfüllen. Schon lag sie da, Beine breit, ein Kondom in ihrer Hand: „Diesmal möchte ich, dass Du in mir kommst." Sie rollte mir das Präservativ über und schloss ihre Augen. Ich begann sie langsam zu ficken und erhöhte das Tempo nach Belieben. Mal schnell, mal normal, mal hart, mal zart, so ging das 20 Minuten lang. Immer wieder spürte ich meinen Orgasmus kommen, hielt ihn aber zurück, um noch länger mit ihr ficken zu können. Als sie kam, kam auch ich.

Nach ein paar Minuten Erholung fragte ich Michèle, ob es möglich sei, mir eine DVD von unserem Sex zu brennen. „Logo", grinste sie und schloss die Cam an ihren PC an. Die Nacht war superschön. Michèle passte perfekt in meinen Arm, wir schliefen eng aneinander ein.

Auch am nächsten Abend war Michèle angesagt. Diesmal erwartete mich eine Überraschung. Während sie nach dem Sex duschte, warf ich einen Blick in eine ihrer Schubladen und fand einen Haufen gebrannter DVDs. Andi, Micha, John, Kalle, Peter, Bernd … waren sie beschriftet. Alles Männernamen, und da war meiner! Auch von mir existierte eine DVD. Das konnte nur bedeuten, dass das ihre Sexaufnahmen waren. Sie sammelte sie. Der Sache musste ich auf den Grund gehen.

Als sie kam, konfrontierte ich sie mit dem Gefundenen: „Was ist denn das da alles? Hier, ist da unser Sex drauf?" „Ja", antwortete sie gelassen. „Und das alles? Sind das Aufnahmen von anderen Typen beim Sex mit Dir?" „Ja", nickte sie, als ob es das Normalste auf der Welt wäre. Ich schluckte.

„Hey, Du bist ganz schön durchtrieben. Wissen die armen Kerle denn, dass Du diese Aufnahmen behältst, anstatt sie zu löschen, wie Du sagst?" „Ist doch nichts Schlimmes", konterte Michèle. „Die schaue nur ich an." Ich hakte nach: „Wissen die anderen, dass diese DVDs existieren?" „Nein." „Dann finde ich das höchst unfair", wertete ich. „Ich will halt schöne Erinnerungen haben, das ist doch nicht verboten", meinte sie schnippisch.

Ich zählte laut: „5, 10, 15, 20, 25 … das sind ja an die 30 private Sex-DVDs, die Du da hast. Ein bisschen viel, oder?" „Naja, ich finde, für 4 Jahre ist das nicht viel", beschwichtigte Michèle und winkte ab. „Freundinnen von mir haben in 4 Jahren mehr als 100 Typen im Bett gehabt."

Ich war schockiert. Was tun? „Pass auf", sagte ich, „mir ist egal, von wem Du Videos machst und mit wie vielen Männern Du gepoppt hast, aber ich möchte nicht, dass Du eine Aufnahme von mir hast. Ich fühle mich bei diesem Gedanken sehr unwohl. Damit könntest Du mein Leben und meine Beziehung mit Andrea zerstören." „Aber das will ich doch gar nicht." „Wer garantiert mir das? Ich möchte nicht, dass Du eine Sexaufnahme von mir besitzt, basta. Bitte lösche das Band, und die DVD wird zerschnitten und weggeschmissen." „Na gut, Deine aber auch." Ich holte die DVD aus meinem Auto und wir vernichteten beide. Nun war mir um einiges wohler. Furchtbar war das Gefühl der Hilflosigkeit, doch nun war alles geklärt und bereinigt. Michèle war nicht böse und wir versöhnten uns mit wunderschönem Sex.

„Hast Du Lust, eines meiner Videos zu sehen?" Ich hätte mit vielen Fragen gerechnet, aber nicht mit dieser. Ich wusste nicht, was ich sagen sollte. „Wohl nicht begeistert, wie?", meinte sie enttäuscht. „Ach, warum nicht. Schmeiß was rein." „Das ist Peter, 1,91 groß und Pilot. Mit ihm hatte ich vor einem halben Jahr was." Ich schaute gebannt zu, wie der Kerl Michèle auf bekanntem Sofa oral befriedigte und sie dann fickte. Er kam in Michèles Gesicht. Etwa 10 Minuten dauerte das Schauspiel.

„Das ist Micha, 24, Flugzeugmechaniker, hatte tierisch Muskeln und konnte ordentlich rammeln, mehr aber nicht." Ein Typ voller Tätowierungen besorgte es ihr. Er fickte sie in einem Affentempo und ließ es sich zu Ende blasen. Michèle schluckte sein Sperma und wischte sich danach genüsslich die Lippen ab. So widerlich ich die Typen auch fand, umso mehr törnte mich Michèle auf den Aufnahmen an. Zwar war sie voll Porno, aber Porno ist geil.

„Das ist Annika, 25, meine beste Freundin. Mit ihr habe ich ab und zu Sex. Mit einer hübschen Frau Sex zu haben, ist voll geil. Anni ist in einer festen Beziehung mit einem Mann, hat aber immer wieder Lust auf Pussy." Ich starrte wie hypnotisiert auf den Bildschirm und genoss, was ich sah. Annika war bildhübsch und hatte einen genauso perfekten Körper wie Michèle, lange, schwarze Haare, ein bezauberndes Gesicht. Beide küssten sich und räkelten sich nackt aufeinander.

In der 69er-Position befriedigten sich die Ladies gegenseitig. Michèle oben, Annika unten. Man konnte alles sehen! Es war besser als jeder Profiporno. Mein Steifer in der Hose wollte raus, das merkte auch Michèle. Während ich weiterstaunte, wie die beiden Frauen miteinander Sex hatten, nahm Michèle meinen Schwanz in ihre Hand und wichste ihn. Dann beugte sie sich in meinen Schoß und blies mir einen.

Annikas Stöhnen wurde lauter, sie hatte ihren Orgasmus und zitterte heftig, während Michèle es ihr und mir gut besorgte. Michéle setzte sich nun in Annikas Gesicht, und die leckte, was das Zeug hielt. Nun kam Michèle zum Höhepunkt. Gleichzeitig kam ich. Doch anstatt zuzuschauen, wie Michèle meine Spermaladungen entgegennahm, waren meine Augen auf den Bildschirm fixiert. Michèle und Annika lagen nackt da und küssten sich zärtlich. Ich blickte in meinen Schoß und sah Michèle. Ihr Gesicht war samenüberflutet, sie lächelte: „Und, zufrieden?" „Oh Mann, das war der geilste Orgasmus, den ich je hatte!", entgegnete ich außer mir vor Freude.

Ein dritter Sexabend mit Michèle beendete das Kapitel. Es war superschön, doch sagte ich ihr, dass es besser wäre, uns vorerst nicht mehr zu sehen. Zwar war diese Frau eine Sexgöttin, leider aber auch durchgeknallt. Ich bat sie, Stillschweigen zu bewahren und bedankte mich für die außergewöhnlichen Erfahrungen, die ich mit ihr machen durfte.

Als Erinnerung blieb mir unser Sex-Video. Ich hatte es an besagtem Abend zu Hause direkt in meinen PC geladen und gesichert. Ich weiß nicht, ob Michèle auf dieselbe Idee kam wie ich, ob sie die Aufnahme auch gesichert hat, oder nicht, das werde ich wohl nie erfahren. Aber egal. Sie wird damit schon keinen Schabernack treiben, hoffentlich …

Zusammenzug

Weihnachten war stressig, unser Zusammenzug stand ins Haus. Andrea und ich waren megaaufgeregt, für uns beide war es eine neue Situation. Zuerst half ich Andrea beim Packen, dann sie mir. Klar waren Weihnachten und die Feiertage im Kreise unserer Familien schön, doch richtig genießen konnten wir es nicht.

Am 1.1. starteten wir das Projekt „Umzug von Andrea". 2 Tage dauerte es, bis wir alles aus ihrer Bude raus und in die neue eingeräumt hatten. Weitere 2 Tage mein Umzug. Es folgten Maler- und Renovierungsarbeiten. Am 15.1. war es endlich geschafft: Unsere alten Wohnungen waren übergabebereit, unsere neue Wohnung frohlockte schön eingerichtet und bezugsbereit. Ein neuer Lebensabschnitt begann.

Wir waren so glücklich miteinander, es war eine goldrichtige Entscheidung zum optimalen Zeitpunkt. Ich liebte Andrea über alles, auch wenn ich es immer wieder mit anderen Frauen trieb. Diese Abenteuer brauche ich, sie sind obligatorisch mit meinem Gemütszustand verbunden. Manchmal habe ich monatelang keine anderen Frauen, dann gibt es Phasen, wo ich gar nicht genug bekommen kann, da sind es 3 bis 4 in 2 Monaten.

Ich wusste, dass sich nun alles verändern würde. Eine gemeinsame Wohnung birgt mehr Gefahren und weniger Freiheiten, ich musste viel vorsichtiger im Umgang mit anderen Frauen werden.

Fragen über Fragen schossen mir durch den Kopf:

- War es richtig, mit Andrea zusammenzuziehen?
- Ist Andrea wirklich die Frau meines Lebens?
- Kann ich weiterhin andere Frauen haben?
- Will ich weiterhin andere Frauen haben?
- Werde ich glücklich mit Andrea?
- Will ich eine Familie mit Andrea?

Nach einigen Überlegungen stand fest: Ich konnte alle Fragen mit „Ja" beantworten. Gott sei Dank.

Melly Pt. II

1,5 Jahre war es her, als ich Melly zum letzten Mal gesehen hatte. Für sie hätte ich fast meine Andrea verlassen. Plötzlich stand sie wieder vor mir. Sie hatte sich gar nicht verändert und sah umwerfend aus.

„Hi, wie geht's?", begrüßte sie mich mit einem Grinsen. Ich war baff. „Ich bin für 1 Woche hier bei Euch in der Firma, ich arbeite jetzt für eine Company in Düsseldorf und wir haben ein Gemeinschaftsprojekt. Ich hoffe, die Zusammenarbeit wird gut." Nach anfänglichen Sprechschwierigkeiten fand ich ins Gespräch und wir nutzten die erste Pause, um uns näher zu kommen.

„Wie ist es bei Dir gelaufen die letzte Zeit?", wollte sie wissen. „Mir geht es gut", antwortete ich. „Bist Du immer noch mit Andrea zusammen?" Eine heikle Frage. „Ja, wir sind im Januar zusammengezogen." „Freut mich", lächelte sie. „Und bei Dir?" „Ach, beruflich ist alles okay, ich gehe meinen Weg, aber privat ist es eher chaotisch gewesen. Nach Dir trennte ich mich von Patrick, dann gab es ein halbes Jahr keinen Mann, dann im Wochentakt einen anderen. Zwischendurch mal die eine oder andere längere Beziehung, ein paar Wochen oder Monate, aber nichts Gescheites. Wirklich nichts."

Sie machte Pause. „Ich habe oft an Dich denken müssen, gerade in der Anfangszeit nach unserer Trennung. Ich habe Dich schrecklich vermisst." „Ich Dich ja auch", entgegnete ich und umarmte sie. Es fühlte sich so eng, so vertraut an. „Hast Du Lust, nach der Arbeit noch etwas trinken zu gehen?" Ich überlegte nicht lange. „Gerne, ich muss nur der Andrea Bescheid geben." Ich rief meinen Schatz an und erzählte ihr vom Wiedersehen mit meiner ehemaligen Assistentin.

„Wir gehen heute noch etwas trinken, über alte Zeiten plaudern, ich komme etwas später nach Hause." „In Ordnung", meinte Andrea verständnisvoll. Sie vertraute mir, diese Frau ist echt Gold wert. Ein paar Stunden später saßen Melly und ich in einer Bar und ließen unsere Affäre Revue passieren.

„Es war so schön mit Dir, so zärtlich, so eng, Du gabst mir das Gefühl, etwas Besonderes zu sein", schwelgte sie in Erinnerungen, die ich im selben Wortlaut beschreiben würde. „Ich war so verliebt in Dich, in Deinen Körper, den Sex mit Dir." Sie schaute mich an, tief in die Augen. „Du hast Dich gar nicht verändert, Du bist noch genauso attraktiv wie damals, unglaublich attraktiv. Ich hätte so gerne noch mal Sex mit Dir", hauchte sie mich an. Ab diesem Moment gab es für mich kein Halten mehr. Ich konnte nicht widerstehen, ich wollte auch nicht. Im Eiltempo ging es in ihr Hotel, wo wir alte Zeiten hochleben ließen.

Melinas Körper war weiblicher geworden, ihre Haare länger als damals, ein Tattoo schmückte ihre rechte Schulter, ein dünner Schamhaarstrich verzierte ihre Muschi. „Was möchtest Du?", fragte ich aufgeregt. „Von Dir gefickt werden", stöhnte sie und öffnete ihre Beine. Es fühlte sich so himmlisch an, diese bekannte Pussy zu bumsen. „Endlich, so schön, geil, weiter, Ah, Wahnsinn!", säuselte sie wie in Trance, während meine Stöße härter und schneller wurden. Im Nähmaschinentempo spritzte ich ab. Auch sie zuckte und krächzte laut. „Wahnsinn, wir sind zusammen gekommen!" Sie umarmte mich und wollte mich gar nicht mehr loslassen. „War das schön!"

In der Tat, es war schön, ach was, es war superschön! Ich wusste, warum ich Melly damals ein halbes Jahr vögelte, sie war so süß und dabei, mir erneut den Kopf zu verdrehen.

Nach 30 Minuten Pause meinte sie: „Ich möchte Dir jetzt unbedingt einen blasen, okay?" „Klar!" Mit Engelshänden berührte sie meinen Schwanz, der 1 Minute später wieder wie eine Eins stand. Nun war ihr Mund dran. Ich lag auf dem Bett und sah zu, wie sie mich oral verwöhnte. Zuerst lag sie neben mir auf Hüfthöhe, dann kam sie auf mich drauf und blies in der 69er-Position weiter. Diese Gelegenheit nutzte ich, um sie mit meiner Zunge zu verwöhnen.

Melly stöhnte laut auf, als ich meine Zunge 2 cm tief in ihre Muschi steckte und mit kreisenden Bewegungen Druck gegen die vordere Scheideninnenwand ausübte. „Oh Gott, Wahnsinn!", rief sie und kam zu einem bebenden Orgasmus.

Just in dem Moment explodierte ich und spritzte meine Ladung in ihr Gesicht. Mit ihrer rechten Hand masturbierte sie meinen Penis in einem Wahnsinnstempo. Mit so schnellen Bewegungen hatte es mir bisher noch keine besorgt. Ein Wunder, dass sie sich dabei nicht den Arm auskugelte. Erschöpft fielen wir zusammen und küssten uns. „Du weißt, dass das nur paar Tage mit uns geht", sagte ich nachdenklich. „Ja, ich weiß. Solange Du Andrea hast, habe ich keine Chance."

So schön dieser Abend auch war, einfach war die Situation nicht. Klar wollte ich Melly jeden Abend poppen, aber was sollte ich Andrea sagen? Alles, nur nicht die Wahrheit.

Am nächsten Abend stand Bowling mit Kumpels auf dem Programm, naja, zumindest erzählte ich das der Andrea. In Wirklichkeit war ich mit Melly verabredet. Direkt nach der Arbeit fuhren wir in ihr Hotel und legten los. Sie wollte mich reiten und tat das im wahrsten Sinne des Wortes. So einen wilden Ritt hatte ich selten erlebt. Melly ging ab wie Schmidts Katze und ich hatte die Befürchtung, dass entweder das Bett oder mein Becken zusammenbricht.

Nach einer kurzen Pause und einem heftigen Orgasmus war Massagezeit angesagt. Ich liebkoste jeden Zentimeter von Mellys mir bekanntem Körper und begann, mit meinem Finger an ihrer Klitoris herumzuspielen. „Mach es bitte mit dem Mund, so wie gestern", bat sie mich. „Das war unglaublich." Ich erfüllte ihr den Wunsch und bereitete ihr wieder einen Höhepunkt der Extraklasse. Dann war meine Zeit gekommen. Ich entspannte mich und sah zu, wie Melina meinen Körper einölte und mich von oben bis unten massierte. Mein Penis war längst steif, als sie ihn in die Hand nahm und zu masturbieren begann. Zuerst mit einer, dann mit beiden Händen bewegte sie meine Vorhaut auf und ab. Die ganze Zeit blickte sie mir tief in die Augen und stöhnte lustvoll dabei.

Plötzlich schnelle Züge, dann langsame, dann wieder ganz schnelle. „Ich komme!", rief ich hektisch und spürte meinen Saft brodeln. Melly stellte ihre Handbewegung ein und wartete auf die erste Ladung, die ihr ins Gesicht ging. Ihre Zunge hatte sie herausgestreckt, Augen waren geschlossen. Die nächsten Ladungen kamen.

Es fühlte sich schon seltsam an, nicht gewichst zu werden, während ich kam, sie hielt ihn lediglich fest mit beiden Händen und ließ den Samen spritzen. Es war gut, aber ich mag mit Wichsen mehr. Egal. Mittwoch wollte Andrea unbedingt mit mir ins Kino, da ging nichts. Am Folgetag auch nicht. Aber dann: Mellys letzter Abend stand an. Andrea hatte Frauentreff mit ihren besten Freundinnen und meinte, sie würde vor Mitternacht nicht zu Hause sein.

Melly und ich hatten den ganzen Abend Zeit, um uns zu verabschieden und Sex miteinander zu haben. Ich kam auf die Idee, das Spektakel zu filmen. Sex mit Melly ist eine bildliche Erinnerung wert. Ich fragte sie: „Wer weiß, wann wir uns wiedersehen. Ich würde gerne eine Erinnerung von uns haben und ein bisschen filmen, okay?" „Was willst Du denn filmen?" „Na, uns." „Du meinst den Sex", grinste sie.

„Ja", gab ich zu, „der ist ja so schön und ich weiß, dass ich viel an Dich denken werde, und für solche Momente …". „Schon gut, ist okay, aber nur, wenn ich auch eine Aufnahme bekomme." Ich zögerte. „Hey, ich vermisse Dich doch auch und möchte auch so eine Erinnerung haben." „Na, Du weißt, wegen Andrea, ich muss Dir absolut vertrauen können." „Klar kannst Du das", meinte Melly, „ich habe doch auch damals nichts gesagt und mich nicht zwischen Dich und Andrea gedrängt. Ich habe Stillschweigen bewahrt."

„Hm", überlegte ich. Stimmt. Ich konnte ihr vertrauen. „Okay, einverstanden", sagte ich und bereitete die Videokamera, die ich extra mitgenommen hatte, vor. „Und Action!", rief ich. Melly lag bereits auf dem Bett und hatte nur noch ihren Slip an, einen weißen Tanga, der ihr unglaublich gut stand.

Wir begannen uns zu küssen und zu streicheln. Zuerst leckte ich sie ein bisschen, dann blies sie mich steif. „Ich oder Du?", fragte ich sie. „Ich", antwortete sie und hockte sich auf mein Glied. Genüsslich ritt sie mich. Sie bewegte sich freizügiger und anrüchiger als sonst. Geil! Danke, lieber Gott, dass Du die Cam erfunden hast. „Jetzt Du", forderte sie mich auf. „Von hinten." Bereitwillig kniete sie sich hin und streckte mir ihren Po entgegen. Ich steckte ihn tief hinein und fickte sie langsam und behutsam, dann schnell und hart.

„Ich komme gleich!", stöhnte ich. „Warte", unterbrach sie, „lass es uns richtig geil machen." Sie zog meinen Penis aus ihrer Fotze und entfernte das Kondom. „Lege Dich hin, weiter hierher, noch ein bisschen, ja, so", lenkte sie mich in die Idealposition. „So müsste der Shot am geilsten sein."

Ich war erstaunt. Was hatte sie vor? Mit so viel Aktivität seitens Melly hatte ich nicht gerechnet. Sie ergriff meinen Penis und holte mir einen runter. Gekonnt setzte sie dabei ihren Mund ein, sie blies unglaublich gut, wie immer.

„Jetzt!", rief ich. Melly blickte tief in die Kamera, während mein Saft in ihr Gesicht schoss. Voll ins Gesicht. Melly stöhnte und leckte sich mein Sperma in ihren Mund. Eine Ladung nach der anderen verzierte ihr hübsches Face.

Diese Aufnahme musste ich sehen, am besten gleich! Mellys Handbewegungen wurden langsamer, ich blickte in ihr nasses Gesicht. „Wahnsinn, Wahnsinn!", flüsterte ich und nahm sie fest in den Arm. Die Aufnahme war der Hammer!

Als wir sie sahen, wurden wir so geil, dass wir parallel dazu poppten. Ich kam in Melly, es war toll. Leider musste ich wieder nach Hause, das Wiedersehen mit Melly war zu Ende. Schnell zogen wir die lebendige Erinnerung auf PC und brannten 2 DVDs, 1 für Melly, 1 für mich. Viele Küsse zum Schluss, eine letzte Umarmung. Adieu, Melly.

4 Jahre Liebe

Andrea und ich waren nun schon ganze 4 Jahre zusammen. Eine Ewigkeit, die aber immer noch frisch war. Es funktionierte hervorragend mit uns. Die Kommunikation. Die Liebe. Der Sex. Es war und ist nach wie vor so schön, sie zu haben. Mittlerweile arbeitete Andrea für ein TV-Produktionsunternehmen in Ismaning, wo sie einen Praktikumsplatz für 6 Monate erhalten hatte. Es gefiel ihr, auch wenn sie über 40 Stunden die Woche eingespannt und viel Stress angesagt war. Ich unterstützte sie und war unglaublich stolz, wie sie ihren Weg ging.

Zu unserem 4-ährigen Jubiläum plante ich etwas Besonderes: einen Kurzurlaub in Dubai. Andrea juchzte vor Freude und konnte ihr Glück kaum fassen, als wir im Flugzeug saßen und die Vereinigten Arabischen Emirate ansteuerten. 1 Woche blieben wir in Dubai und residierten in einem sehr noblen Hotel mit Blick auf den Persischen Golf.

Wir sprachen ernsthaft über Kinder und unsere Absicht zu heiraten. „Mein Schatz", sagte sie, „ich liebe Dich über alles und möchte für immer mit Dir zusammen sein. Und ich möchte so gerne Kinder mit Dir. Was meinst Du, sollen wir bald planen?" „Das können wir", antwortete ich und nahm Andrea in den Arm. „Wenn wir so in 1,5 bis 2 Jahren Eltern werden, wäre das optimal. Davor eine schöne Hochzeit mit allem Drum und Dran."

Im Bett funktionierte alles nach wie vor super mit ihr. Andrea machte mich an, geil und wild. Obwohl wir schon so eingespielt aufeinander waren, schafften wir uns immer wieder neue erotische Momente. Perverse Sachen waren nicht unsere, aber sonst machten und probierten wir alles aus, was uns interessierte.

Für mich stand fest: Andrea ist die Frau meines Lebens. Ich werde mich niemals von ihr trennen. Ich liebe sie über alles. Und sie liebt mich. Es ist ein Geschenk Gottes. Danke.

Bianca

2 Jahre später: „Ich komme, ich komme!", stöhnte ich und kam in ihr Gesicht. Aber nicht in das meiner Frau Andrea, sondern in das der süßen Bianca. 19 Jahre war sie jung, Azubi zur Bürokauffrau und verdammt hübsch. Ich hatte sie auf einer Geburtstagsfete eines guten Kumpels kennengelernt und angequatscht. Schüchtern war sie, aber nur die ersten Minuten, dann ging sie ran und wir tanzten eng und sexy zusammen.

Die Andrea war zu Hause und kümmerte sich um unser kleines Baby. John Paul haben wir es genannt, ein fescher Bub, ein Abbild von mir. Andrea und ich waren so glücklich … und mittlerweile verheiratet. Die Zeremonie fand im schönen Starnberg statt und wir feierten mit unseren Familien und engsten Freunden. Die Hochzeitstorte war genauso schön wie die Hochzeitsnacht, in der ich Andrea immer wieder ins Ohr hauchte, wie sehr ich sie liebe und wie glücklich ich mit ihr sei. Sie erwiderte meine Liebesschwüre mit einer Salve an Küssen. Hunderttausende waren es in dieser Nacht.

Und nun dies: Ich im Bett einer anderen. Wieder einmal. Nichts Neues eigentlich. Es ist mein wöchentlicher Sport, mein tägliches Brot. Ich bin seit dem Zusammenzug mit Andrea, seit unserer Heirat und dem Familienzuwachs nicht besser geworden, immer noch treibe ich es wild und regelmäßig mit anderen Weibern, mit hübschen Mädels von damals, von heute und von morgen. Das brauche ich. Das hält mich jung, frisch, ausgeglichen und froh. Andrea bekommt von allem nichts mit. Sie ist mit Babyhüten beschäftigt, von morgens bis abends hat sie nichts anderes im Kopf, als den kleinen, süßen Schreihals.

Eine tolle Mutter ist sie ja, aber sexuell bin ich mit ihr die letzten 14 Monate deutlich zu kurz gekommen. Kein Wunder, Schwangerschaft und so. Ist nicht mein Ding. Wir hatten wenig Sex, Zärtlichkeit und Nähe waren uns wichtiger. Jeden Abend und jede Nacht hütete ich Andreas Bauch wie einen Goldschatz und spürte das neue Leben in ihm keimen und gedeihen.

Wenn ich Lust auf Sex hatte, ließ ich mir von Andrea einen blasen oder runterholen, oder wir schliefen vorsichtig und behutsam miteinander, aber mein Trieb blieb dabei unberücksichtigt. Daher musste ich oft in andere Höhlen stechen.

Die Geburt von John Paul war fantastisch. Andreas Wehen kamen auf den Tag genau und wir waren schnell im Krankenhaus, wo alles reibungslos von statten ging. Andrea kämpfte und stöhnte laut, ich hielt sie fest im Arm und sprach ihr Mut und Kraft zu, die ich selbst nicht hatte, zittrig waren meine Beine, bleich mein Gesicht. Ist halt eine Extremsituation für beide. Dann war es soweit: Zuerst kam der Kopf, dann der Rest. Ein kleiner Fratz strahlte uns an. Erschöpft, aber glücklich sackten Andrea und ich zusammen und weinten viele Tränen der Freude. Sprachlos vor Glück nahmen wir John Paul in unsere Mitte und küssten ihn und uns. 51 cm war er groß und wog 3.490 g. Unser Kind! Unser Sohn!

Unsere Eltern waren die ersten, die von der gelungenen Geburt erfuhren, und sie freuten sich ebenso gewaltig wie wir. Nun ist Andrea zu Hause, sie möchte sich eine berufliche Auszeit nehmen, um für John Paul die ersten Jahre komplett da sein zu können, was ich auch befürworte. Ich verdiene genug für uns 3. Als mittlerweile Vizechef der Firma geht es mir prima, ich arbeite viel und hart, erfolgreich und lukrativ. Unser Kontostand ist gewachsen und mittlerweile sechsstellig.

Sex mit Andrea ist derzeit Mangelware, ihr tut es unten noch weh. Verständlich. Daher jetzt der Fick mit Bianca. „Hast Du Lust, zu mir zu kommen?", fragte sie mich auf besagter Party gegen 22 Uhr. Alkohol hatte sie mächtig intus, das musste ich ausnutzen. Ein einfacher Fick. Also zu ihr.

Bianca wohnte noch bei ihren Eltern, aber diese waren verreist, so stand uns das ganze Haus zur Verfügung. Nachdem sie mich auf den Mund küsste, begann sie, aus ihrem Kleid zu schlüpfen. Ihr Körper war sehr schön und jung. Faltenfrei und neu. Ihre mittellangen, hellbraunen Haare wehten mir entgegen, ihre Unterwäsche war reiz- und stilvoll. Rosa Stoff, der mehr offenbarte als verhüllte. Schnell war sie an mir dran und schmiss mich auf das Ehebett ihrer Eltern. „Lass uns lieber in Dein Zimmer gehen", meinte ich.

Doch schon war es zu spät und sie mit meiner Hose beschäftigt. „Hier ist es geiler", hauchte sie mir ihre Promille entgegen und knutschte mich fest. Ihre Zunge wollte wohl in meinem Hals angeln, so tief stieß sie diese hinein.

Ich zog ihr BH und Slip aus und bestaunte ihren Traumkörper. Schöne Titten hatte sie, große und feste, ein niedliches Piercing zierte ihren Bauchnabel, ein kleines Büschel Schamhaare ihre Pussy. Wenige Sekunden später war auch ich nackt und fing an, ihren Körper zu liebkosen. Zuerst mit meinen Händen, dann mit meinem Mund. Bianca stöhnte nicht schlecht, als ich sie mit meinen Zungenspielen wahnsinnig leckte.

„Auweia!", schrie sie und kam. Ihr Becken bäumte sich auf und zuckte wie ein Zitteraal. Ich konnte ihre Kontraktionen deutlich spüren und schmecken, ihre Soße war köstlich. „Du bist ein begnadeter Lecker", stammelte sie und strahlte mich besoffen, aber glücklich an. „Ich weiß", freute ich mich über das Lob.

Bianca war nun schon etwa die 100. Frau, mit der ich Andrea betrogen hatte. Egal war es mir nicht, aber was sollte ich tun? Sex und Liebe muss man halt trennen. So fährt man am besten. „Und jetzt, fick mich!", forderte Bianca und legte sich offen wie ein Buch hin, Arme und Beine gespreizt. Mein Pimmelmann war ohnehin schon hart und ich führte ihn in ihre saftige Lustgrotte ein. Ohne Kondom.

Wir hatten keines, ihre Eltern auch nicht. Egal. Zieh ich ihn halt rechtzeitig raus, wenn es soweit ist. Meine Stöße waren hart, das brauchte ich. Bianca schien es zu gefallen, sie konnte die kräftigen Knaller gut nehmen und stöhnte „Weiter, weiter, geil!" vor sich hin. Nach 8 Minuten spürte ich meine Hoden ziehen und den Orgasmus kommen, also holte ich meinen Prügel an die frische Luft und schenkte Bianca eine Gesichtsbesamung 1. Klasse.

So etwas hatte sie wohl noch nie erlebt. Erstaunt zuckte sie zusammen und ließ Ladung für Ladung geschehen. Der Orgasmus tat mir gut, ich fühlte mich frei und wohl. „Hey, ins Gesicht kommen mag ich nicht!", lallte mich Bianca nach vollendeter Tat an. „Und warum hast Du dann hingehalten?", konterte ich. „Weil es einfach geil war!", lächelte sie und küsste mich mit meinem Sperma.

Nach 20 Minuten Erholungspause ging es in die nächste Runde. Bianca wollte mir nun unbedingt einen blasen, das konnte sie ziemlich gut. Ich lag auf meinen 4 Buchstaben und sah zu, wie sie mit ihrer Zunge meinen ganzen Körper befeuchtete. Elektrisierend war es an einigen Stellen, an anderen eher langweilig, aber schließlich gehört das ja zum Vorspiel. Schließlich näherte sie sich meinem Dong.

„Los, nimm ihn in den Mund!", befahl ich ihr, doch sie gehorchte nicht und leckte erst mal 10 Minuten lang meine Eier, was mir aber auch gut gefiel. Dabei streichelte sie sich selbst an der Pussy und sonderte lustvolle Stöhner ab. Mein Prügel stand wie eine Eins und wollte nun endlich mehr. Behutsam begann sie, mit ihrer feinen Zunge meinen Schwanz hoch zu lecken. Als sie oben war, ließ sie ihn in ihren Mund gleiten und startete mit dem Blowjob.

Ihre rechte Hand kraulte dabei meine Nüsse, das war geil. Ihr Mund war warm und feucht, ihre Blasqualitäten standen außer Frage. Langsam und dann immer schneller rutschten ihre Lippen hoch und runter und trieben mich an den Rande des Wahnsinns. Als ich kam, hielt sie inne und ließ meine Soße in ihren Rachen laufen. Dann ein paar kräftige Züge und Sauger, dann wieder Stillstand. Ungewohnt war dieses Vorgehen, aber geil!

Während ich mich erholte, hörte ich plötzlich ein lautes Schnarchen. Ich drehte mich um und sah Bianca mit offenem Mund und im Land der 10 Pharaonen. Da lag sie, erschöpft und besoffen, müde und sexy. Mein Sperma klebte an ihren Lippen. Was für ein Bild! Davon musste ich ein Foto machen.

Klick! Klick! Ich wischte ihr mein Sperma vom Mund, verdrückte mich und fuhr nach Hause. Andrea schlief schon und hatte John Paul in ihrem Arm, der auch sanft schlummerte. Ich duschte mich schnell frisch und schlief glücklich mit meinen beiden Schätzen ein.

Urlaub in der Schweiz / Lena Pt. I

Stress in der Firma trieb mich dazu, 1 Woche Urlaub einzurei-
chen. Eigentlich wollte ich nur zu Hause bleiben und mich mit
Andrea und John Paul ausruhen, aber durch Zufall erfuhren wir
von einem netten Ferienort in der Schweiz, Bönigen am Brien-
zersee. Wir informierten uns. Das Hotel „Seiler Au Lac" gefiel
uns, und wir entschlossen uns kurzfristig, 5 Tage dorthin zu fahren. Es war eine goldrichtige Entscheidung. Dieses Hotel erwies
sich als genau richtig für unsere Bedürfnisse. Gutes Essen, top
Zimmer, nette Leute, beste Lage, Ruhe und Erholung waren
vorprogrammiert.

Der erste Tag verlief unspektakulär, doch am zweiten
lernten wir Lena kennen. Lena war 27 Jahre alt und Mutter eines knapp 2-jährigen blonden Boys namens Simon. Beim Frühstück fragte sie höflich, ob bei uns noch Plätze am Tisch frei
wären, wir bejahten und freuten uns auf nette Gesellschaft. Nett
war sie, und auch hübsch. Lena kam aus Bern und arbeitete bei
einer Schweizer Werbeagentur. Einen Ehemann hatte sie, aber
nur noch auf Papier. „Scheidung läuft", erklärte sie kurz und
knapp.

Lena gefiel mir: Sie war klein, etwa 1,58 und wog nicht
mehr als 48 kg. Ein zartes, schönes Püppchen. Sie trug schulter-
langes, blondes Haar und hatte verdammt sexy Augen. Der kleine Simon und John Paul verstanden sich prima. Lena blieb wie
wir bis Ende der Woche im Hotel, genug Zeit für die beiden
Jungs, Spaß miteinander zu haben. Das Hotel verfügte über einen Wellnessbereich mit Swimmingpool, Sauna, Fitnessstudio
und mehr. Kinder- und Babybetreuung gab es! Das mussten wir
ausnutzen.

Unsere Kinder gaben wir in Obhut und entschieden uns,
zu dritt schwimmen zu gehen. Im Schwimmbad sah ich, was die
Lena zu bieten hatte: Ein wunderschöner Körper, bedeckt von
äußerst wenig Stoff, lächelte mich an. Dann sprangen wir 3 ins
kühle Vergnügen. Angeregt unterhielten wir uns über Gott und
die Welt und hatten viel Spaß zusammen. Schnell merkte ich,
dass Lena ziemlich offen war, in jederlei Beziehung.

Irgendwann kamen wir auf das Thema „Sex" zu sprechen und Lena verriet uns: „Ich habe Sex mit Männern und Frauen, beides ist geil." Wir staunten nicht schlecht. Noch ein paar Details mehr packte sie aus: „Gruppensex habe ich auch schon gehabt, wir waren 2 Frauen und 1 Mann. Das war ein Hammererlebnis, werde ich nie vergessen!" Die schlimmsten Fantasien schlugen Purzelbäume in meinem Kopf. Würde Andrea so etwas mitmachen? Würde ich das überhaupt wollen? Ich überlegte. Ja! Ich will!

Am Abend, John Paul war schon längst im Lala-Land, hatten Andrea und ich tollen Sex, danach schliefen wir ein. Irgendwann rüttelte sie an mir herum und ich wurde wach. „Was ist denn?", fragte ich schlaftrunken. „Ich kann nicht schlafen." „Warum?" „Es ist wegen Lena." Ich wurde wacher. „Lena? Was ist denn mit ihr?" „Na, sie hat doch heute erzählt, dass sie schon mal Gruppensex hatte. Hattest Du das auch schon?" „Ja", antwortete ich ihr ehrlich. „Und wie war das?" Neugierig war sie, meine Frau, aber irgendwie törnte mich das Thema so an, dass ich ihr bereitwillig Auskunft gab. Andrea schaute mich mit großen Augen an. „Würdest Du so etwas wieder tun wollen?"

„Naja", antwortete ich, „warum nicht? Es ist schon verdammt geil mit 2 Frauen, aber jetzt habe ich ja Dich und ich weiß nicht, ob Du so etwas überhaupt mitmachen würdest. Darüber haben wir noch nie gesprochen. Muss ja auch nicht sein, oder?" „Hm", überlegte Andrea kurz, „nein, so ein Gedanke ist mir noch nie gekommen … bis heute." Ich horchte auf. „Lena ist schon eine Süße, obwohl ich ja nicht lesbisch oder bi bin, aber irgendwie zieht sie mich voll an. Das macht mich unsicher. Meinst Du, die würde mit uns wollen?" „Würdest Du das denn wollen?", fragte ich sie. „Würdest Du wollen?" „Tja, ich weiß nicht, wenn Du damit einverstanden wärst und es Dein Wunsch ist, vielleicht."

Andrea wirkte unsicher, sie betrat Neuland. „Schatz, Du weißt, ich liebe Dich über alles und bin verdammt glücklich mit Dir, Du bist der einzige Mann, den ich liebe und immer lieben werde. Hättest Du etwas dagegen, wenn es zu einem Dreier mit ihr kommen würde? Würdest Du mitmachen oder ist das tabu für Dich?"

71

„Wenn Du gerne Sex mit Lena haben willst, würde ich Dich natürlich nicht im Stich lassen", gab ich Andrea wohlwollend zu verstehen und umarmte sie. Mit geilen Gedanken im Kopf und Andrea im Arm schlief ich ein. Am nächsten Morgen wirkte die Andrea klar und zielstrebig. „Mal schauen, was passiert", lächelte sie mich an und drückte mich fest. Lena erschien äußerst sexy zum Frühstück und grinste uns beide ziemlich verwegen an. Unsere Kinder gaben wir in Betreuung und beschlossen, die netten Poolspiele vom Vortag fortzuführen.

Andrea lenkte das Gesprächsthema bewusst auf Sex und flirtete heftig mit Lena, der das offensichtlich gefiel. So kannte ich meine Frau überhaupt nicht! Sie wollte es, das war klar zu spüren. Lena biss an und kokettierte mit uns beiden. Als uns kalt wurde, fanden wir den Weg in die Sauna. Da saßen wir nun, zu dritt, nackt und geil aufeinander. Wir waren die einzigen Saunabesucher und konnten uns frei unterhalten. Irgendwann hielt es Lena nicht länger aus und meinte: „Ich weiß ja nicht, wie offen Ihr seid, aber Sex zu dritt ist echt klasse." Sie schaute uns auffordernd an: „Habt Ihr Lust?"

„Ja!", schoss es aus Andrea heraus, noch bevor ich etwas sagen konnte. „Und Du?" „Ich auch", nickte ich und erzeugte ein Lächeln bei beiden Damen. Also los! Wir zogen uns unsere Bademäntel über und machten uns auf den Weg in Lenas Zimmer. Dort angekommen, ging es auch schon gleich los. Lena ließ den weißen Plüschumhang fallen und hüpfte nackt aufs Bett. Andrea konnte das auch. Die Mädels fingen an, sich sanft näher zu kommen. Ganz vorsichtig und zärtlich die ersten Berührungen, dann der erste Kuss. Mann, das knisterte gewaltig!

Lenas Körper war wunderschön: ihre Brüste klein und fein, ihre Beine elegant und geschmeidig, ihre Pussy blank rasiert und roch auf 2 m Entfernung so gut. Die Berührungen nahmen zu, auch meine. Ich hatte meine Hand längst unter dem Badekittel und spielte mit dem Dong. Als Lena anfing, Andreas Brüste zu küssen, drehte diese vor Geilheit durch. Das musste ich aus nächster Nähe erleben! Ich kuschelte mich an Andrea und nahm sie in den Arm. Lena wanderte tiefer und berührte zum ersten Mal Andreas Muschi.

Zuerst mit den Fingern, dann mit dem Mund verwöhnte sie den Venushügel und dann die Lustgrotte meiner Liebsten.

Andrea stöhnte nicht schlecht. Ich küsste sie auf den Mund, dann in den Mund, mit viel Zunge. Lenas Aktivitäten wurden stärker, so auch Andreas Reaktionen darauf. Plötzlich bäumte sich Andreas Körper auf und sie schrie mir ihren Orgasmus in den Mund. Sie zuckte wild und schüttelte sich und mich kräftig durch. Dann Erholung. „Wahnsinn!", lobte sie Lenas Leistung und schaute mich glücklich an. „Schatz, das war interessant, die leckt ganz anders als Du." „Wie anders?", fragte ich sie. „Na, anders einfach." Weitere Einzelheiten waren mir egal, denn jetzt wollte sich Andrea bei Lena revanchieren.

Lena öffnete ihre Beine und Andrea leckte zum ersten Mal in ihrem Leben eine Pussy. Gut machte sie das. Als ich anfing, Lena zu streicheln, wurde Andrea eifersüchtig und stieß meine Hand beiseite. Einen erneuten Versuch wies sie noch deutlicher zurück. Egal, dann eben nicht, dann schaue ich halt nur zu.

Andrea machte es sichtlich Spaß, eine Frau zu verwöhnen, ihre Zungenspiele waren akrobatisch und fanden in Lena eine dankbare Abnehmerin. Zackig kam nun sie. „Ah!", stöhnte sie laut und drückte Andreas Kopf noch tiefer in ihren Schoß. Nachdem Andrea ausgeleckt hatte, lächelte Lena glücklich und küsste sie auf den Mund. Nun war ich dran. Ich war gespannt, was passieren würde: Eifersucht oder Offenheit. Leider war es Eifersucht. Als Lena an meinen Penis wollte, war die Andrea schneller und griff zu. Diesen Griff löste sie nicht mehr, bis ich kam. Lena durfte meine Brust streicheln und küssen, mehr aber nicht. Mein Penis war tabu für sie, zumindest aus Sicht von Andrea. Nicht schlimm, dachte ich, eine geile Maus an meinem Schwanz, eine andere nackt neben mir, es gibt Schlimmeres.

Andrea gab sich ordentlich Mühe, meinen Penis nach allen Regeln der Kunst zu stimulieren. Mit rechts, mit links, mit beiden Händen, mit dem Mund, mit Zunge, mit Mund und Hand – sie führte Lena alle Variationen vor und schenkte mir einen spritzenden Orgasmus. Lena staunte und jubelte, Andrea freute sich und protzte. Dann ruhten wir uns aus.

Die Lena war die erste, die etwas sagte: „Schön war´s!" „Fand ich auch!", kam von Andrea. „Ich auch!" – ich. Ein flotter Dreier kann etwas so Tolles sein. Ich konnte es kaum fassen, dass Andrea zu so etwas bereit war und dann noch so tatkräftig mitmischte. Wahnsinn! Am Nachmittag unternahmen wir alle 5 zusammen einen Ausflug in die Natur und picknickten. John Paul und Simon beschäftigten sich miteinander und spielten nett zusammen, während Lena, Andrea und ich uns einfach nur gut unterhielten. Wir lagen auf einer Wellenlänge. Der Abend nahte und die Kinder wurden müde.

Nach dem Abendessen stopften wir sie in die Heia und kamen uns erneut näher. Diesmal ging die Initiative von Lena aus: „Habt Ihr Lust, das von heute Vormittag zu wiederholen?" Andrea strahlte mich an und nickte. Ich auch. Während die Kinder seelenruhig im Nebenzimmer schliefen, machten wir es uns nackt auf dem Bett gemütlich. Lena startete mit heißen Zungenspielen mit Andrea. Meine Rolle war wieder die des stillen, aber geilen Beobachters, der zunächst den beiden, hübschen Frauen zusah. Lena streichelte und küsste Andreas schönen Körper von oben bis unten und konzentrierte sich dann auf Andreas Muschi.

„Oh ja!", stöhnte sie, als Lena anfing, sie oral zu verwöhnen. Lena konnte gut lecken. Schnell und klitorisvertraut. Andrea zog mich zu sich heran und spielte mit meiner Latte. Geil! Nach 7 Minuten kam sie. Sie zuckte wild und stieß spitze Schreie aus, dann sackte sie zusammen und küsste mich auf den Mund, dann Lena. „Jetzt ich Dich!", kündigte sie an und bereitete sich darauf vor, Lenas saftige Pussy auszuschlürfen. Lena war so geil, dass sie mich in der Aufregung zu sich runter zog und in den Mund küsste. Oh oh, wenn das Andrea mitbekommt.

Erstaunlicherweise ließ sie es zu. Sie war wohl selbst so geil, dass es ihr in diesem Moment egal war, dass eine andere Frau ihren Mann küsste. Lena küsste gut. Und tief! Ihre Zunge schloss Freundschaft mit meinem Gaumen und begrüßte jeden meiner Zähne einzeln. Ich hatte Gefallen daran und knutschte fleißig mit. Gleichzeitig streichelte und knetete ich ihre Brüste, auch dagegen hatte Andrea nichts einzuwenden.

Konzentriert und leidenschaftlich leckte sie weiter, bis Lena erbebte und ihren Höhepunkt feierte. Ich musste sie richtig festhalten, so sehr stieß sie sich vom Bett ab und spannte Ihren Körper durch. Glücklich strahlten sich beide Damen an, dann mich. Nun war ich an der Reihe. Ich hoffte, diesmal etwas mehr Lena abzubekommen, und meine Wünsche wurden erfüllt.

Bereitwillig teilte Andrea mich mit der Lena. Nachdem Andrea meinen Penis richtig hart gespielt hatte, übergab sie ihn Lena, die ihrerseits zeigte, dass sie Ahnung von Männern hat. Gekonnt masturbierte sie ihn mit der rechten Hand, bis ich meinen Orgasmus ankündigte. Andrea übernahm und wichste mich zu Ende auf Lenas Titten. Ich war außer mir … vor Puste, aber auch vor Freude. Sex mit einer anderen Frau, und das vor den Augen und mit tatkräftiger Unterstützung meiner eigenen! Davon träumen wohl alle Männer!

Lena bedankte sich bei Andrea, dass sie auch ran durfte und fragte mich, ob es denn schön war. „Es war supergeil, von Euch beiden verwöhnt zu werden!", antwortete ich glücklich und nahm die beiden Hübschen in meine Arme. Das törnte mich so an, dass ich kurz darauf wieder einen Steifen hatte. „Ich glaube, da ist einer schon wieder geil!", lächelte Lena und deutete auf meinen Ständer. „Einer? 2!", grinste Andrea und zeigte auf sich. „3!", triumphierte Lena und stellte sich in den Mittelpunkt. „Ich bin auch wieder voll geil! Wollen wir noch mal?"

Die Antwort auf diese rhetorische Frage ließ nicht lange auf sich warten. Schnell gingen die Fummeleien in Sex über. Ich hatte so eine Lust, die Mädels zu ficken. Andrea kniete sich bereitwillig in Position und ich besorgte es ihr Doggy Style. Lena legte sich vor Andrea und gab ihr das unmissverständliche Zeichen, sie zu lecken, was Andrea auch sofort tat. Was für ein Bild! Ich ficke meine kniende Frau von hinten, und die leckt die liegende Lena! Hammer!

Bald kam Lena und bald kam auch ich. Lena schrie, ich stöhnte. Mein Sperma lief aus Andreas Schlitz heraus und tropfte aufs Bett. Erschöpft, aber glücklich sackte ich zusammen und ließ mich fallen.

Andrea umarmte mich so fest, dass ich kaum noch Luft bekam, und wir genossen unsere Nähe zueinander. Lena atmete immer noch tief und ließ den Orgasmus auf sich wirken. Ein paar Minuten später schliefen wir zu dritt im Bett ein.

Am nächsten Morgen kotzte John Paul die Bude voll. Dem Kleinen ging es nicht gut, er war knallheiß und hatte einen roten Kopf. Das machte uns große Sorgen. Andrea und ich entschieden uns, den armen Tropf zum Arzt zu bringen. Lena war schon weg, sie wollte mit Simon in einen Wildpark fahren. Ich war noch hundemüde und wäre so gerne liegen geblieben. Das hat Andrea wohl bemerkt: „Schatz, Du bleibst hier und schläfst aus, ich fahre mit John Paul in die Stadt zum Arzt." „Aber ich komme gerne mit …". „Ich weiß, aber gönne Du Dir noch ein bisschen Erholung, so in 1 bis 2 Stunden sind wir wieder da." „Okay", murmelte ich müde und legte mich wieder hin.

Andrea und John Paul gingen. 5 Minuten später klopfte es. „Schon wieder da?", fragte ich schlaftrunken, während ich die Tür öffnete. Da standen Lena und Simon. „Ich dachte, Ihr seid bei den Tieren." „Ja, das wollten wir, doch der blöde Park hat heute zu", motzte Lena und schaute mich fragend an: „Wo ist Andrea?" Ich erzählte ihr von den aktuellsten Vorkommnissen und Andreas Trip mit John Paul zum Arzt. „So in 1 bis 2 Stunden wollen sie wieder hier sein."

Lena schaute mich geil an: „1 bis 2 Stunden? Ganz schön viel Zeit." Ich wurde wach und blickte ihr tief in ihre schönen, blauen Augen. Ich verstand. „Zu mir!", rief Lena und rannte vor. Ich schnell im Schlafmantel hinterher. Auf dem Weg stoppten wir bei der Kinderbetreuung und gaben Simon in den Hort. So, das war erledigt. Nun waren wir allein. Lena und ich.

Kaum waren wir in ihrem Zimmer, zog sie sich und dann mich aus. Schnell und zielstrebig waren ihre Aktionen, sie wollte endlich das haben, was ihr bisher verwehrt blieb: mich. Ich war so gespannt und gierig auf diese hübsche, junge Frau. Ihre Küsse schmeckten lecker und bedeckten meinen ganzen Körper. Schließlich umkreiste sie mit ihrer Zunge meinen Penis. Zärtlich spielte sie saugend an meinen Hoden und leckte meinen Penisschaft auf und ab.

Dann endlich nahm sie ihn in den Mund und fing an zu blasen. Sie blies ihn so hart, dass er fast explodierte. Mit unglaublichem Talent absolvierte sie ihr Tun. Ihre Augen waren geschlossen, ihre Hand fuhr zusammen mit ihrem Mund auf und ab, ihre Muschi funkelte mich an. „Gleich ist es soweit!", kündigte ich ihr meinen Samenerguss an. Lena blies seelenruhig weiter und nahm Ladung für Ladung auf. Stromstöße zuckten durch meinen Körper, meine Adern waren dick geschwollen, mein Becken zitterte wie Espenlaub. Sie schluckte alles.

Ich strahlte sie an und nahm sie in meinen Arm. Sperma klebte an ihrem Mund, sie sah so niedlich aus. „Ich hätte total gerne mit Dir gefickt, aber ich wollte Dich unbedingt so zum Orgasmus bringen", lächelte sie. „Das war Spitzenklasse!", lobte ich sie und küsste sie zärtlich. „Zur Belohnung lecke ich Dich jetzt."

Glücklich spreizte sie ihre Beine und ließ mich machen. Zuerst sanft, dann intensiver katapultierte ich sie ins Wahnsinns-Land. Ihre Muschi flutete durch, als sie kam. Sie roch so gut da unten, daraus könnte man ein Parfüm kreieren, dachte ich. „Puh! Das war Hammer!", jubelte sie und wollte kuscheln. Na gut, ein paar Minuten. Aber ich wurde unruhig. Andrea und John Paul könnten vielleicht schon zurück sein. Ich musste wieder in mein Zimmer. Lena hatte Verständnis und versprach mir, Andrea von diesem Erlebnis nichts zu erzählen. „Das bleibt unser Geheimnis", flüsterte sie und drückte mir einen feuchten Kuss auf die Lippen.

Ich eilte in mein Zimmer, zum Glück war noch keiner da. Schnell ins Bett. 20 Minuten später klopfte es und ich hatte meine Familie wieder. „Es ist nichts Schlimmes", beruhigte mich Andrea, „er hat ein bisschen Fieber. Ich war noch in der Apotheke und habe einen Sirup geholt." „Gott sei Dank!", freute ich mich und nahm meine beiden Schätze in den Arm.

Später sahen wir Lena und berichteten ihr von John Pauls Status. Gemütlich verbrachten wir zu fünft den Nachmittag. Andrea hütete John Paul, Simon spielte mit anderen Kindern, Lena, Andrea und ich unterhielten uns gut. John Paul ging es von Minute zu Minute besser. Zum Glück. Wir alle waren sehr froh.

Nach Abendessen gingen wir aufs Zimmer und legten die beiden Kleinen schlafen. Ich war gespannt, ob sich etwas ergeben würde. Nach einem nervlich so anstrengenden Tag wusste ich nicht, wie Andrea drauf war, ob sie noch Lust auf Sex mit Lena und mir hatte. Wohl eher nicht, schien mir. Na, dann muss man halt etwas Überzeugungsarbeit leisten, schließlich war es der letzte Abend vor der Abreise, und da will man ja noch etwas erleben. Ich ließ mich aufs Bett fallen und wartete. Lena kam zu mir und blickte mich fragend an. Dann legte sie sich einfach in meinen Arm. Was nun?

Andrea hatte das registriert. Wie würde sie reagieren? Noch saß sie da und schaute aus dem Fenster. Dann fing Lena an, mich zu streicheln. Ich war perplex und wusste nicht, was ich tun soll. Ihre Hand war schon unter meinem Hemd und sie küsste meinen Hals. Andrea blickte zu uns rüber. Eifersucht oder Offenheit? Diesmal war es Offenheit!

Andrea schien es anzutörnen, was sie sah. Sie richtete ihren Blick genau auf uns und sah gespannt zu, wie Lena immer wilder wurde. Schnell waren wir beide nackt und Lena fing an, meinen Penis zu streicheln. Und Andrea? Die hatte ihre Hand in ihrem Schoß und rubbelte.

Als Lena anfing, meinen Penis zu blasen, kam Andrea zu uns aufs Bett gekrochen und beteiligte sich am Geschehen. Von Mund zu Mund und von Hand zu Hand wanderte mein Zauberstab, ich konnte mein Glück kaum fassen. 2 bildschöne Frauen, 1 davon meine, verwöhnten mich nach Strich und Faden. Dann blickte Lena Andrea intensiv in die Augen und fragte: „Du, hast etwas dagegen, wenn ich Deinen Mann reite? Ich habe so Lust darauf." Andrea war einverstanden. Super. Brave Frau.

Lena hatte Gott sei Dank ein Kondom dabei und streifte es mir über. Wir hatten keines im Gepäck, Andrea und ich benutzen so etwas ja schon seit Jahren nicht mehr. Zart wie eine Gazelle hockte sich Lena über mich und nahm auf mir und meinem harten Prügel Platz. Andrea lag daneben, schaute uns zu und befriedigte sich selbst. Genüsslich und elegant ritt Lena auf mir, sehr langsam und zärtlich. Andrea kam. Cool, ich hatte ihr noch nie dabei zugesehen, wie sie es sich selbst besorgte.

Lena und ich fickten weiter. Andrea rubbelte nun Lenas auf und ab sausende Pussy, bis sie quietschend zum Orgasmus kam. Ich hatte noch Saft und Kraft, also nahm Andrea auf mir Platz, ohne Kondom natürlich. Zügig ritt sie mich, bis sie noch einmal kam. So etwas hatte ich noch nie geleistet: 2 Frauen erlebten auf mir hintereinander ihre Orgasmen in weniger als 5 Minuten! Was bin ich nur für ein Hecht!

Die Damen überlegten, wie sie mich erlösen konnten. „Lass es uns mit dem Mund zu Ende bringen", schlug Andrea vor und schnappte zu. Abwechselnd saugten und lutschten sie, doch nicht lange, denn ich spürte den point of no return kommen. „Darf ich?", fragte sie schnell Andrea, die ihr erstaunlicherweise bereitwillig mein bestes Stück übergab.

Es waren nur noch 15 Sekunden, bis ich kam. Diese 15 Sekunden blies Lena einfach genial. Ich spürte meinen Orgasmus so was von brodeln, das war abartig, ich dachte, ich würde die Besinnung verlieren.

Mit einem tiefen Stöhner schoss ich meine Spermaladungen ab. Lena schluckte heftig und kam kaum hinterher. Es lief aus ihrem Mund heraus und bedeckte ihre mitarbeitende Hand. Andrea wollte nun auch noch etwas von mir schmecken und saugte die letzten Tropfen auf.

Geschafft! War das ein geiler Sex! Geiler Dreier! Geiler Urlaub! Ich war überglücklich und verbrachte die Nacht erneut mit beiden Mädels zusammen im Bett. Am nächsten Morgen war Hektik angesagt. Leider hatten wir verschlafen und mussten uns sputen. Koffer packen, aufräumen, frisch machen, Abschied nehmen, abreisen. Wir bedankten uns bei unserer neuen Freundin Lena, tauschten Adressen und versprachen, uns auf jeden Fall wiederzusehen.

Silke

Wir waren auf der Suche nach eine neuer Mitarbeiterin. Viele Bewerber kamen. Silke war eine sehr attraktive Frau, sie hatte studiert und hervorragende Referenzen. Sie gefiel mir. Schon nach 10 Minuten hatte sie den Job. Sie wurde das neueste Mitglied unseres Teams und startete gut gelaunt in das – was noch keiner wusste – kurze Gastspiel.

Silke war groß, normalschlank und Anfang 30. Schulterlange, braune Haare hatte sie, wohlgeformte Brüste und einen durchtrainierten, aber etwas zu breiten Po. Typisch Reiterin. Silke war im Regieteam als Assistentin beschäftigt und wir arbeiteten täglich zusammen. Täglich kamen wir uns näher. „Du hast einen sehr guten Ruf hier", erzählte sie mir eines Abends nach vollendeter Arbeit. „Die Kollegen mögen Dich sehr und sprechen in höchsten Tönen von Dir." „Das ist schön zu wissen", antwortete ich stolz. „Und Du, fühlst Du Dich wohl bei uns?" „Ja", lächelte sie, „ein nettes Team, tolle Kollegen, eine Arbeit, die Spaß macht, was will man mehr …".

„Hast Du Lust, noch etwas trinken zu gehen?", fragte ich sie unverblümt und direkt. „Ja, gerne", strahlte sie und folgte mir. Wir checkten in die Medusa Bar ein und bestellten Bier. Die Unterhaltung war gut, Silke und ich verstanden uns prima und freundeten uns an. Wir flirteten. Immer wieder warf sie mir heiße Blicke zu und nuckelte geil an ihrer Bierflasche, als ob sie einen Penis leckte. Das törnte mich an. Ich wollte mehr. „Sag mal, hast Du eigentlich einen Freund?", wollte ich wissen. „Du meinst, ob ich mit Dir Sex haben will?" Das traf. Sie hatte mich durchschaut und hielt mir nun den Spiegel der Wahrheit vor die Nase. Was tun? Den dummen August spielen oder in die Offensive gehen?

Ich entschied mich für die zweite Variante. „Wenn Du so direkt fragst, Ja." Silke grinste: „Wusste ich es doch, das habe ich von Anfang an gemerkt, schon im Büro." Sie hatte schon wieder Recht. „Ja, als ich Dich beim Vorstellungsgespräch gesehen habe, ist mir das schon durch den Kopf gegangen", rechtfertigte ich mich ehrlich.

„Tja, Ihr Männer seid alle gleich. Zu Hause Frau und Kind, und mit einer anderen poppen wollen." Woher wusste sie das? Hatte sie mich ausspioniert oder sich über mich erkundigt? „Verdammt, woher weißt Du das?", staunte ich. „Man hat so seine Quellen." Ich war sprachlos und wusste nicht, wie ich reagieren soll.

„Hör zu, mir ist es egal, ob Du Frau und Kind hast, wir können uns schon einig werden", hauchte sie mir in einem zarten Ton zu. „Was meinst Du damit?", hakte ich nach und verstand noch nicht. „Man nennt es Affäre, eine offene Liebelei, Spaß im Bett, such Dir etwas aus." „Genau in dieser Reihenfolge", grinste ich und willigte dem Deal ein.

Unser erstes Date fand keine 20 Stunden nach dieser heißen Absprache statt. Wir verließen um 16 Uhr die Firma und fuhren zu ihr. Silke wohnte sehr schön in einer großen Eigentumswohnung auf über 150 m². Eine halbe Million € hatte die Bude gekostet, ein Geschenk ihrer Eltern. Ohne langes Vorgerede führte sie mich in das Schlafzimmer und legte los. Zuerst entkleidete sie mich, dann sich. Ihr Körper war schön und ästhetisch, ein hellbrauner Irokesen-Schamhaarstrich schmückte ihre Pussy.

Silke küsste wie die Feuerwehr: feucht und nass. Sie schob mich immer wieder in die für sie beste Knutschposition und schlängelte ihre Zunge tief in meinen Hals hinein. Endlos trieb sie das, ich glaube, wir knutschten satte 30 Minuten. Mir wurde schon nach 10 Minuten langweilig, doch Frauen ticken da nun mal anders. Egal. Endlich fing sie an, meinen Körper zu streicheln und glitt immer tiefer, bis sie am Ziel meiner Träume angelangt war: an meinem Schwanz.

Während sie damit spielte, spielte ich mit ihren Möpsen und graste ihren Hügel mit meinen Fingern ab. Petting reichte ihr nicht, sie wollte mehr. „Komm, lass uns miteinander schlafen", hauchte sie mir ins Ohr, doch leider hatte sie keine Kondome da. Ich hatte auch keine, aber das war ihr egal. „Komm, da passiert nichts", meinte sie lässig, „ich nehme die Pille." Na gut, alright, dachte ich und drang schutzlos in sie ein. Silke liebte es, von mir gevögelt zu werden. Laut stöhnte sie, während ich die harte Arbeit erledigte.

In der Missionarsstellung spritzte ich fest ab. Ihre Möse nahm mein Sperma dankend auf, sie zuckte fleißig mit, also war auch sie am Kommen. „War geil!", jubelte ich und ließ mich erschöpft auf ihr riesengroßes Bett fallen. Nach einer Pause von 20 Minuten wollte sie noch einmal. „Wieder so wie vorhin", bat sie mich, ich tat es gerne. Die Missionarsstellung funktionierte bei Silke super, mein Penis passte gut in sie rein und ihr Anblick törnte mich an. Doggy Style hätte nicht so gut funktioniert, zu breit wäre mir ihr Arsch dabei im Weg gestanden.

Ich gab mein Bestes und nagelte sie, bis sie ihren Höhepunkt erlebte. Ihre Zuckungen waren zu viel für mich und massierten meinen Knüppel zum Cumshot. Ich kam wieder in ihr und zog dann meinen erschlafften Helden heraus. Wir tranken noch Bier zusammen, dann fuhr ich nach Hause.

2 Tage später ergab sich erneut eine Gelegenheit und wir wiederholten das Techtelmechtel bei ihr. Zuerst badeten wir heiß und knutschten so wild, dass das Wasser den Boden putzte. Unter Wasser holte mir Silke einen runter. Wahnsinnig schüttelte sie meine Nudel, doch unter Wasser spürt man das nicht so intensiv. Also brauchte ich sage und schreibe 15 Minuten, bis ich das Wasser mit meinem Sperma verdünnte. Es war ein geiler Orgasmus! Ebenso rubbelte ich ihre Clit unter Wasser, bis sie kam, ebenso 15 Minuten dauerte es. Silke genoss dies so sehr, dass sie, als sie kam, fast den Boden unter dem Hintern verlor und um ein Haar absoff.

Weiter ging es auf dem Bett mit einer heißen Massage. Ich schnappte mir die Bodylotion und befahl Silke, sich gemütlich auf den Bauch zu legen. Ich cremte sie ein, ihren Rücken, ihre Arme, ihre Beine und schließlich ihren Po. Nicht nur mit meinen Händen, sondern auch mit meiner Zunge cremte ich ihn ein. Zuerst die linke Pobacke, dann die rechte, dann die Ritze.

Ich griff ihr tief zwischen die Beine, dehnte diese weit auseinander und leckte von hinten ihre weite Pussy. Silke stöhnte und krallte sich am Kopfkissen fest. In dieser Leckposition musste ich umdenken: Zunge tief hinein stecken und dann mit kreisenden Bewegungen nach unten drücken, nicht nach oben, schließlich lag sie ja verkehrt herum.

Es funktionierte gut. Silke krampfte zusammen und ließ sich gehen. Harte Wellen der Lust strömten durch ihren Körper, ihre Pobacken wackelten wie ein Erdbeben und ihr Pussysaft befeuchtete die Bettdecke. Geil!

Nun war ich an der Reihe. Die Silke revanchierte sich mit einer ebenso ausgiebigen und befriedigenden Massage. Zuerst streichelte sie meinen Rücken, dann meine Arme, meine Beine und schließlich meinen Po. Den cremte sie besonders gut ein und küsste ihn zart. Dann glitten ihre Hände tief zwischen meine Beine und kraulten meine Eier. Das fühlte sich unbeschreiblich an. Ich hob mein Becken etwas an und sie zog meinen Penis zu sich nach hinten. Noch war er nicht ganz steif, aber das wurde er schnell.

Je steifer er wurde, desto schmerzhafter wurde es aber auch. Auf dem Bauch liegend, ist es ja nicht natürlich, den Penis durchzubiegen, sodass er als drittes Bein hinten zwischen den beiden Hauptstelzen liegt. Aber noch konnte ich es gut ertragen. Silke senkte ihren Kopf zwischen meine Beine und nahm meine Eichel in den Mund. An ihr lutschte sie nun fleißig herum. Vorwärts, rückwärts, schnell und beständig. Mit ihren Händen streichelte sie meinen knackigen Po.

Ich lag auf dem Bauch und wurde oral verwöhnt, in einer Position, die neu für mich war. Langsam merkte ich, dass ich es nicht länger aushielt und gab Silke Bescheid, dass ich kommen werde. Ignorant saugte sie an meinen Dong weiter, bis ich ihr alles in den Mund spritzte. Es war ein Megaorgasmus, der, obwohl der zuckende und verbogene Penis schon ziemlich wehtat, ein einmaliges Erlebnis war.

Erschöpft drehte ich mich um und sah Silke ins Gesicht. Sperma klebte an ihren Lippen und tropfte ziehend aus ihrem Mund. Schlucken wollte sie es nicht, dafür ausspucken. Wir kuschelten noch kurz, dann sagte ich Tschüss und ging. Silke war zwar nicht meine Traumfrau, aber sie wurde zu meiner Geliebten. Sie war mehr als ein One Night Stand. Unsere Affäre dauerte nun schon über 2 Monate und wir dateten uns zweimal die Woche, so, dass Andrea davon nichts mitbekam. Ich liebte Silke nicht, hatte mich auch nicht in sie verliebt, aber ihre offene und lockere Art kam mir sehr entgegen.

Der Sex war gut, keine langen Gespräche, keine Fragen, keine Antworten. Eines Tages kam Silke aufgeregt zu mir und bat mich um ein Gespräch unter 4 Ohren. „Was ist denn los?", fragte ich sie. „Ich muss Dir etwas Wichtiges sagen", spannte sie mich weiter auf die Folter. Sie schaute mich mit großen Augen an: „Ich bin schwanger." „Herzlichen Glückwunsch!", gratulierte ich ihr, ohne den Ernst der Lage auch nur ansatzweise erkannt zu haben. Dann der Schock: „Von Dir." Ich schluckte und spürte mein Herz, wie es stehen blieb.

„Wie bitte?", rang ich nach Fassung. „Ich bin von Dir schwanger", wiederholte sie die grausame Botschaft. „Das kann nicht sein, Du hast doch verhütet, Du hast die Pille genommen!" „Ja, aber die hat wohl nicht gewirkt." „Das gibt's doch nicht, das kann nicht sein", hechelte ich nach Luft und musste mich setzen. „Bist Du Dir sicher?", fragte ich entsetzt. „Ja, ich war beim Arzt, er hat die Schwangerschaft bestätigt." Horror. Blanker Horror. „Wahrscheinlich ist es von einem anderen Mann", versuchte ich mich an einen letzten Strohhalm zu klammern. „Nein, ich den letzten Monaten hatte ich nur mit Dir Sex, es kann nur von Dir sein." Schock.

Ich wusste nicht, was ich tun sollte. Mein Kopf war leer, geschädigt, betrogen und ausgesaugt. Ich war verzweifelt, hilflos, traurig und wütend. „Und was jetzt?", fragte sie mich. „Abtreiben!", schoss es aus mir heraus. „Du musst abtreiben!" „Ich will aber kein Kind umbringen." „Mann, Du bringst doch kein Kind um, dazu ist es noch viel zu klein", konterte ich moralisch unsauber, „aber wenn Du es bekommst, bringst Du mich und meine Ehe um. Willst Du das?"

„Nein, natürlich nicht", stammelte sie und überlegte. Es schien wirklich keine andere Lösung zu geben. Silke sah ein, dass es keinen Sinn hatte, alleine ein Kind auszutragen, ebenso wenig von einem Mann, den sie nicht liebte. Es war ja nur der Sex bei uns. 10 Minuten später trafen wir dann endgültig die Entscheidung: Abtreiben. Silke ging zum Arzt und ließ alle Vorbereitungen treffen, dann wurde der Eingriff durchgeführt. Ich war befreit und glücklich. Fast hätte mich diese dumme Fotze mein Leben gekostet. Als alles überstanden war, sah ich Silke mit anderen Augen.

Ich hatte keine Lust mehr auf sie und distanzierte mich von ihr. Außerdem stellte sie eine Gefahr für mich dar, da sie zu viel wusste. Ich musste sie loswerden. Doch wie? Fachlich war sie sehr gut, da konnte ich sie nicht belasten, beliebt bei Kolleginnen und Kollegen war sie auch, es musste also ein Trick her.

Teuflisch, wie ich bin, überlegte ich, was zu tun ist. Ich besorgte mir Drogen, Kokain, Haschisch und Marihuana, alles leicht am Münchner Hauptbahnhof zu organisieren, und platzierte Beutelchen gut versteckt in Silkes Spind. Ein kleines bisschen Koks verteilte ich im Regieraum am Boden und auf dem Mischpult. Am nächsten Morgen, ich kam gerade zur Arbeit, herrschte bereits große Aufregung. Ich wurde zu meinem Chef beordert, der mit mir etwas Wichtiges besprechen wollte. „Stellen Sie sich vor, wir haben Spuren von Kokain gefunden." „Wo denn?" „Im Regieraum. Am Boden und auf dem großen Mischpult."

„Unglaublich", staunte ich dumm, „wer macht denn so etwas?" „Keine Ahnung", entsetzte sich Chef, „das müssen wir umgehend herausfinden!" „Ich schlage vor, wir überprüfen alle unsere Mitarbeiter, zumindest alle, die Zugang zum Regieraum haben." „Eine gute Idee", meinte Chef, „und wie wollen wir das tun? Wir können doch schlecht jeden filzen." „Naja, wir könnten ja mal die Spinde kontrollieren, vielleicht findet sich dort etwas." Gesagt, getan. Wir schickten ein Sonderkommando los, und 1 Stunde später stand die Schuldige fest: Silke. Sie musste antanzen. Da waren wir nun: Chef, Silke und ich.

„Meine liebe Silke", startete unser Chef die Moralpredigt, „Sie sind nun seit 3 Monaten bei uns und ich war stets zufrieden mit Ihrer Leistung. Haben Sie eine Ahnung, warum Sie jetzt hier sind?" „Nein", schüttelte Silke überrascht den Kopf und blickte mich verwundert an. Ich saß da und ließ Chefchen weitermachen. „Drogen", sagte er ruhig und hielt Silke demonstrativ einen Beutel mit weißem Pulver vor die Nase.

Silke verstand nicht: „Und?" „Jetzt tun Sie doch nicht so unschuldig!", platzte Chef auf. „Rechtfertigen Sie sich lieber, verdammt noch mal!" „Aber wofür denn?", stotterte Silke verängstigt. „Was habe ich damit zu tun?" „Da fragen Sie noch?", polterte unser Chef weiter.

„Diesen Beutel und noch ein paar weitere haben wir vor 20 Minuten in Ihrem Schrank gefunden!" Silke kapierte das alles nicht, verständlich. „Ich habe damit nichts zu tun", rechtfertigte sie sich und schluckte nach Luft. Hilflos sah sie mich an, doch was sollte ich tun? „Ich nehme keine Drogen!" „Tja, das würde ich an Ihrer Stelle jetzt auch behaupten", konterte Chefchen zornig. „Sie haben Schande in dieses Haus gebracht und mein Vertrauen mit Füßen getreten. Betrachten Sie diesen Drogenfund als fristlose Kündigung. Und jetzt raus!"

Die Drogen-Silke war sprachlos und den Tränen nahe. „Komm", sagte ich und führte sie aus dem Büro. „Aber ich habe doch nicht …". „Ich weiß, ich glaube Dir", beruhigte ich sie. „Ich habe versucht, den Chef umzustimmen, aber er ließ nicht mit sich reden. Tut mir leid." „Ist schon gut, ist ja nicht Deine Schuld. Aber ich möchte wissen, wer mir diesen miesen Streich gespielt hat. Das Schwein bringe ich um!"

Arme Silke, aber besser war es so. Für sie und für mich. Besonders für mich. Silke schied aus meinem Arbeits- und Sexleben und ich war wahnsinnig erleichtert, dieses Kapitel abhaken zu können.

7 Jahre Liebe

7 Jahre Andrea und ich.
Eine Liebe, so stark wie ein Baum.
Wie ein Fels. Wie eine Brandung.
So heiß wie Feuer.

7 Jahre Liebe, Sex und Zärtlichkeit.
7 Jahre Hingabe, Lust und Vertrauen.
7 Jahre für die Ewigkeit.

Eine fruchtbare Liebe.
Willkommen John Paul.
Mein Sohn. Unser Sohn.
Unsere Schöpfung.

Verliebt, verlobt, verheiratet.
Ein Bund fürs Leben.
Eine Liebe, so rein wie Wasser.
So klar wie der Himmel.
So dynamisch wie Musik.

Einigkeit und Geborgenheit.
Harmonie und Zuverlässigkeit.
Die Frau fürs Leben.
Meine Frau. Mein Schatz.

John Paul ist unser Glück.
Wir sind glücklich.
Zufrieden und vereint. Eine Familie.

7 Jahre Andrea und ich.
Ein Grund zum Feiern.
Zum Frohlocken. Zum Jubeln.
Ein Grund für weitere 7 Jahre, und mehr.

Andrea, ich liebe Dich!

Lolita

Lolita war eine Prostituierte und – was ich nicht wusste – eine Schulfreundin von Andrea. Ich lernte Lolita über einen Kumpel kennen, der in den höchsten Tönen vom Sex mit ihr schwärmte. „Die war die beste Nutte, die ich je hatte", erzählte mir Klaus, der seine Ehefrau seit über 10 Jahren betrügt. Affären sind ihm zu gewagt, daher geht er immer ins Bordell. „Sex für Geld", das ist sein Motto, „da ist man frei und keine Tussi will etwas von einem."

Ich musste Lolita einfach testen. Sollte sie wirklich so gut sein? Voller Vorfreude betrat ich eines späten Nachmittags das Riemer Laufhaus und begab mich auf die Suche nach der rassigen, ungarischen Schönheit. Im 2. Stock wurde ich fündig: „Lolita" stand auf der Tür, doch diese war geschlossen. Das bedeutete, dass sie entweder nicht da war oder gerade Kundschaft bediente. Ich schaute mich ein wenig um, doch die Nutten, die ich sah, interessierten mich kaum. Schließlich öffnete sich die Tür und ein alter Sack verließ mit einem breiten Grinsen und einer Zigarre im Maul das Kabuff.

Eine hübsche, dunkelhaarige Schönheit erschien und verschwand im gegenüberliegenden Badezimmer. Wow, was für eine Frau! Ich wollte mehr sehen. Als sie wiederkam, stockte mir der Atem: lange, schwarze, lockige Haare, eine Figur wie Marilyn Monroe in ihren 20ern und Sexappeal ohne Ende.

„Hallo! Hast Du Zeit?", sprach ich sie etwas hilflos an. Sie blickte mich an, blickte an mir auf und ab und meinte nur: „Komm!" Schon war ich in ihrer kleinen Bude. An der Wand hingen Peitschen und Fesseln, nichts für mich, neben dem Bett standen 2 Vibratoren und 1 Dose voller Kondome. „Was hättest Du denn gerne?", säuselte sie mich an. Ich erkundigte mich nach ihren Preisen und entschied mich für 40 Minuten alles was ich will für 100 €.

Sie zog sich BH und Höschen aus und machte es sich auf ihrem Bett gemütlich. Ich gesellte mich dazu und wollte unbedingt, dass sie mit blasendem Oralsex startet. Sie schnappte sich ein Kondom und rollte es mir über meinen Penis.

Schnell wurde er steif, denn sie blies wie eine Weltmeisterin. Lolita wusste genau, was Männer wollen, und wie sie es wollen. Ich merkte, dass es mir zu viel wurde und befahl ihr, einen Moment zu warten, sonst wäre ich zu früh gekommen. Doch jedes Mal, wenn sie wieder ansetzte, dauerte das Vergnügen nur kurze 10 Sekunden, da musste ich wieder „Halt!" sagen.

Lolita wirkte genervt: „Was soll ich denn jetzt machen? Willst Du oder willst Du nicht?" „Klar will ich, aber Du machst das so geil, dann komme ich gleich und dann ist alles nach 5 Minuten vorbei, dabei habe ich für 40 Minuten bezahlt." „Weißt Du was: Ich blase es Dir jetzt schön zu Ende, und wenn Du es schaffst, darfst Du mich danach ficken, okay?"

Das war ein fairer Deal. Ich kann locker zweimal hintereinander kommen, das ist für mich kein Problem. Ich stimmte dem Deal zu und ließ sie gewähren. Lolita blies sauber weiter und ich kam kräftig ins Kondom. Das war geil! „So, nun zeig mal, was Du kannst", forderte mich Lolita auf, meinen Teil der Abmachung einzuhalten. Sie streckte mir ihren Arsch entgegen und reichte mir ein frisches Kondom. Ich vergeudete keine Sekunde und stach in ihre Möse. Die war warm und glitschig und nahm meinen Dong professionell auf. Genauso professionell waren ihre rhythmischen Bewegungen, die optimal mit meinen Stößen harmonierten. Ich nagelte mir ordentlich einen ab, doch beenden sollte sie es auf mir.

Lolita nahm auf mir Platz und ritt mich langsam und intensiv, dann schneller und noch intensiver. Ihre großen Brüste waren wohl gemacht, ich war mir nicht ganz sicher, sie fühlten sich zumindest so an. Ich lag und genoss den Puff-Fick. Nach einer Weile spürte ich meinen Saft brodeln und kam keuchend zu meinem Höhepunkt.

Lolita ritt genüsslich aus und betrachtete die Ladung in meinem Kondom. „Wow! Dafür, dass Du gerade eben schon gekommen bist, hast Du aber noch eine Menge Saft drauf", lobte sie mich. Ich freute mich, verabschiedete mich von der Traumfrau und ging. Den Sex mit Lolita musste ich unbedingt wiederholen, also besuchte ich sie 1 Woche später erneut. Sie hatte sich ihre langen Haare schneiden lassen, außerdem hatte sie ein anderes Make-up drauf.

Sie sah damit noch nuttiger aus. Gut so! Same place, same deal. 40 Minuten, 2 Cumshots. Wir starteten wieder mit einem Blowjob, der nicht lange dauerte. Zu gut war Lolita, zu geil ich. Ich fragte sie, ob es okay sei, ohne Kondom zu kommen. „Dann muss ich es Dir mit der Hand zu Ende machen", betonte sie. „Kein Problem", juchzte ich, „ohne Kondom spürt man mehr."

Ihre rechte Hand passte perfekt um meinen Liebesprügel. Sie umgriff ihn wie einen Hammer und legte los. Schnell masturbierte sie mich mit viel Druck und Power zu einem äußerst spritzigen Höhepunkt. Mein Samen schoss aus meinem zuckenden Glied heraus und flog wild umher. Lolita sprang aufgeregt beiseite, wichste aber fleißig und professionell weiter, bis alles raus war.

„Oh mein Gott!", stöhnte sie. „Oh mein Gott!", stöhnte auch ich. „Das ist ja lebensgefährlich, wie Du schießt", lächelte sie mich mit hochgezogenen Augenbrauen an. „Solche Cumshots erlebt man nur selten." Ich war stolz und fühlte mich geehrt. Nach kurzem Smalltalk war ich fit für den Fick.

„Reite!", lautete mein Kommando, was sie überaus genial in die Tat umsetzte. Ihr schöner Körper, 55 kg, wog leicht wie eine Feder, selbst als sie wie eine Wahnsinnige immer wieder auf mich hinabsauste und meinen Penis so verwöhnte. Ich spürte meinen Orgasmus kommen und kündigte ihr diesen an. Blitzschnell sprang sie von mir herunter, riss mir das Kondom vom Penis und wichste mit der Hand die entscheidenden Momente zum Glück.

Mein Sperma spritzte erneut hoch hinaus und überraschte Lolita, die wohl nicht mit einer so heftigen zweiten Explosion gerechnet hatte. Einmal ins Gesicht und einmal auf den Bauch spritzte ich ihr, dann ganz normal auf mich selbst. Als sie fertig war, wischte sie sich sauber und staunte mich an: „Du hast mich voll erwischt! Ich wollte sehen, wie viel Power Du noch hast, aber mit so viel hatte ich nicht gerechnet." Ich grinste zufrieden. Ich wurde wöchentlich Kunde von Lolita. Die ersten Wochen genoss ich die Zusammentreffen mit ihr, doch dann erkannte ich meine Abhängigkeit und wollte von ihr loskommen, doch das war schwerer als gesagt.

Obwohl ich fest an Andrea dachte und nicht mehr zu Lolita in den Puff wollte, zog es mich immer wieder hin. Verdammt noch mal! Was tun? Ablenkung fand ich, als Andrea mir von einem Klassentreffen erzählte und mich einlud, mitzukommen. Ihr Abi-Jahrgang fand sich 10 Jahre nach Beendigung der Schullaufbahn zum Jubiläum zusammen, und Andrea freute sich wahnsinnig darauf, all die alten Schulfreundinnen und Schulfreunde wiederzusehen. Kontakt hatte sie nur noch mit wenigen, umso größer waren ihre Vorfreude und die Spannung, was aus wem geworden ist.

Wir machten uns schick und fuhren in Andreas Schule im Süden Münchens, wo das Treffen stattfand. Andrea johlte und jubelte, als ihr einer nach dem anderen entgegensprang und sie herzlich drückte. Sie stellte mich jedem einzelnen vor und ich genoss das Bad in der netten Menge.

Plötzlich sah ich etwas, was ich nicht sehen durfte. Diese Frau kannte ich doch! Oh mein Gott, das ist doch …! Andrea lief auf die dunkelhaarige Schönheit zu und umarmte sie mit den Worten „Hey, Sandra, schön Dich zu sehen!" Meine Knie begannen zu zittern, mein Herz raste im Sechzehnteltakt. „Hier Schatz, das ist Sandra", stellte mir Andrea die Frau vor. Kein Zweifel: Das war sie! Lolita! „Hallo!", stotterte ich und blickte verlegen zu Boden. Andrea bemerkte dies zum Glück nicht und eilte zur nächsten Gestalt. „Sieh einer an", lächelte mich Lolita in einer mir Angst machenden Pose an, „da ist ja mein Spritzer."

„Hör auf damit!", flehte ich sie an. „Wenn meine Frau davon erfährt, bin ich geliefert." Lolita lachte und genoss die Macht über mich. „Wer weiß, ob ich ihr etwas sage, schließlich sind wir ja alte Schulfreundinnen", verunsicherte sie mich weiter. Ich hielt das alles nicht mehr aus. „Ich muss mich setzen." Mir drehte sich alles, mein Kopf tickte aus, mein Herz sowieso. Lolita stolzierte auf mich zu und lächelte mich dumm an. „Da geht aber einem der Arsch mächtig auf Grundeis." „Allerdings", jammerte ich und bat sie erneut, Stillschweigen zu bewahren: „Ich bin seit 7 Jahren mit Andrea zusammen, wir sind verheiratet und haben 1 Sohn. Ich liebe sie über alles, sie darf unter keinen Umständen von uns erfahren."

„Und wenn ich es ihr doch sage?", bohrte sie weiter. „Warum solltest Du das tun? Willst Du unsere Ehe zerstören? Mich bloßstellen? Sie bloßstellen? Demütigen? Was bringt Dir das?", appellierte ich an ihre Menschlichkeit. „Vielleicht von alledem etwas", grinste sie genüsslich. „Ich habe Dich für den Sex bezahlt. Es war ein Geschäft. Dein Schweigen habe ich mitgekauft." „Nein, das kostet extra", konterte sie und zeigte mir das Symbol des Geldes. „Wie viel?" „10.000 €", lächelte sie frech. „Warum so viel?", fragte ich entsetzt. „Weil Du es hast", antwortete sie kurz und trocken. „Deine Klamotten, Deine Uhr, Dein Auto, das zeigt mir, dass Du Knete hast. 10.000, und ich schweige wie ein Grab."

Mist, Erpressung! Ich überlegte, doch eine Wahl hatte ich nicht. Ich war ins Fettnäpfchen getreten, in was für eines! Sie hatte die Situation eiskalt ausgenutzt und mich an die Wand gespielt. Was für eine Nutte! Ich willigte ein und versprach ihr, das Geld zu beschaffen. „Ich will es bar, keine Überweisung, kein Scheck, nur Bargeld", forderte sie. „Okay." Wir machten einen Termin aus und sie verschwand wieder in der Menge. Da saß ich, wie ein Häufchen Elend, ein großes Häufchen Elend. Zeit und Raum waren weg, ich hörte keine Geräusche mehr, nur einen langen, lauten Piepton im Ohr. Ich fühlte mich leblos und leer.

„Schatz! … Schatz! … SCHATZ!!! Geht es Dir gut?", hörte ich eine Stimme zu mir durchdringen. Ich blickte auf. Es war Andrea. „Was ist denn los? Du siehst gar nicht gut aus!" „Mir geht es auch nicht gut", winselte ich, „lass uns bitte gehen, mir wird das hier zu viel." Andrea schaute mich ungläubig an, verstand aber, dass ich es ernst meinte und half mir hoch.

„Okay, Schatz, komm!" Sie verabschiedete sich rasch von den Feiernden und wir gingen an die frische Luft, wo ich mich auf die nächstbeste Parkbank setzte und tief durchatmete. „Schatz, was ist los? Du machst mir Angst!", rief mir meine besorgte Frau zu. Ich schluckte: „Du, mir ist nicht gut. Ich weiß nicht, was los ist, aber alles dreht sich in mir und ich bin kurz vorm Zusammenbrechen." Andrea wirkte ratlos und hilflos zugleich. „Lass uns nach Hause fahren, dann wird es wieder", bat ich sie, diese vermaledeite Gegend zu verlassen.

Andrea stützte mich bis zum Auto und übernahm die Rückfahrt. Zu Hause angekommen, fiel ich kaputt aufs Bett und nickte sofort weg. Am nächsten Morgen wurde mir klar, wie bedrohlich die Situation eigentlich war: 10.000 €, oder alles ist aus. Hm, dann lieber zahlen. Ich fing mich und versuchte, einen kühlen Kopf zu bewahren. Andrea zuliebe ließ ich mich die Woche krankschreiben und ruhte mich von diesem Schock aus. Andrea kümmerte sich aufopfernd um mich und ich genoss die Nähe und das Zusammensein mit ihr und John Paul.

1 Woche später war Zahltag. Ich traf mich mit Lolita in einem Café in der Stadt. Lolita kam ganz in schwarz und sah aus wie die Schwarze Witwe persönlich. Sie machte mir Angst. Mein Herz begann lautstark zu pochen und ich wollte die Sache schnell hinter mich bringen. „Hast Du die Kohle dabei?", grinste sie mich unverschämt an. „Hier, werde glücklich damit!", schoss ich regungslos zurück und übergab ihr einen Umschlag mit dem Geld. „Alles 100-€-Noten."

„Sind das auch wirklich 10.000 €?" „Wenn Du willst, kannst Du vor den Leuten nachzählen", antwortete ich stumpf und würdigte sie keines Blickes. „Dann danke ich Dir für das Geschäft", lächelte sie, stand auf und stolzierte von Dannen. Blöde Kuh, Dreckweib, Hure! Ich regte mich maßlos über dieses Stück Scheiße auf und versprach mir, nie wieder auf so ein kriminelles Flittchen reinzufallen.

Lena Pt. II

Ich kam nach Hause und erlebte eine faustdicke Überraschung. Andrea und John Paul waren nicht allein: Lena und Simon waren auch da! Lena, die hübsche Blonde aus dem Schweizer Urlaub! Die, mit der Andrea und ich mehrere flotte Dreier hatten. Wie geil! Lena sah genauso umwerfend aus wie damals. Ihre Haare trug sie etwas länger, sie war aufreizend gekleidet und strahlte mich an. Ich musste mich erst sammeln, um die Situation richtig überblicken zu können.

Andrea umarmte und küsste mich als erstes, dann war Lena dran, die mich eng drückte und auf die Wange busselte. „Stell Dir vor, vor 20 Minuten klingelte es, ich machte auf, und da standen sie!", erzählte mir Andrea. Mit Lena hatten wir nach unserer intimen Urlaubsbekanntschaft alle paar Monate engen Kontakt, Telefonate, Chats, Mails, aber zu einem persönlichen Wiedersehen war es bis dahin nicht gekommen.

Ich erfuhr, dass Lena und Simon ein paar Tage frei hatten und bei Verwandten in Landshut waren, doch leider war es bereits am zweiten Tag zu einem bahnbrechenden Streit gekommen und Lena packte ihre Sachen plus Simon und düste davon. „Spontan habe ich an Euch gedacht", grinste sie dazwischen, „und wollte Euch endlich besuchen kommen!" Lena hatte noch 4 Tage frei, die durfte sie selbstverständlich bei uns bleiben. Wir aßen und legten die Jungs schlafen. „Unglaublich, wie groß Simon geworden ist", staunte ich Lena an. „Euer John Paul aber auch", grinste Lena zurück.

Bei Weißwein erzählte uns Lena, dass sie mittlerweile von ihm Ex-Mann geschieden sei und das Leben als Single genieße. „Kein Mann, der mich doof anmacht, dem ich den Haushalt erledigen und die Hemden bügeln muss, der sich in die Erziehung meines Kindes einmischt, der schlecht fickt und mich den ganzen Tag nervt, das ist ein schönes Leben jetzt", plauderte Lena aus dem Nähkästchen. „Und bei Euch, immer noch alles okay?" „Ja", antwortete ich, „wir sind immer noch so glücklich wie am ersten Tag." „Mein Schatz!", schmachtete mich Andrea an und küsste mich zärtlich.

Es war spät, Lena müde und wollte schlafen gehen. Wir auch. Im Bett schaute mich Andrea heiß an. „Du", startete sie, „Lena ist noch genauso sexy wie damals, findest Du nicht?" „Doch", sagte ich, „sie ist eine hübsche Frau." „Ich hätte wieder Bock auf einen Dreier!" Ich horchte auf. „Echt? Hast Du Lust?"

„Ja, und Du?", fragte sie mich und griff nach meinem Penis. „Warum nicht? Wenn Du auch möchtest …". „Ja, wäre geil!", lechzte Andrea und begann zu wichsen. „Meinst Du, Lena hat auch Lust?" „Fragen wir sie, dann wissen wir es", war meine treffsichere Antwort. Schon war Andrea im Stand und zog mich hinter sich her. Vorsichtig klopfte sie an Lenas Tür und trat ein. „Wer ist da?", hauchte diese irritiert. „Wir!", flüsterte Andrea zurück. „Ach so, dann ist ja gut." Lena kam langsam zu sich und sammelte sich und ihren Verstand.

„Sag mal, Du kannst Dich doch an das erinnern, was wir im Hotel zusammen gemacht haben. Hast Du Lust darauf?", fragte Andrea vorsichtig. „Du meinst Sex zu dritt?", fragte Lena zurück. „Ja", nickte Andrea begeistert. „Na klar!", schoss es Lena heraus. „Auf geht´s!" Auf einmal war Lena putzmunter und pudelwach. Sie folgte uns in unser Schlafzimmer, wo das heiße Spiel begann. Die beiden Ladies legten los wie ein Speedboot. Mit viel Leidenschaft küssten sie sich aufs Bett und zogen sich gegenseitig ihre Nachthemden aus. Lenas Körper war wunderschön. Ihre Brüste standen geil, ihr Bauch war straff, ihre Muschi blitzeblank.

Ich kroch zu den beiden Grazien ins Bett und hielt mich noch vornehmlich zurück, zu geil war das Geschehen um mich herum. Lena ergriff die Initiative und begann, Andreas Brüste zu liebkosen. Meine Frau genoss es und ließ sich fallen. Lenas Kopf rutschte tiefer und tiefer, bis sie an Andreas Schambereich angekommen war. Andrea trug blank wie Lena und stöhnte laut auf, als Lena ihre Zunge einlochte. Meine süße Maus hielt sich krampfhaft am Bettlaken fest, während Lenas Zunge den Topf umrührte.

Nun kam ich ins Spiel. Ich küsste Andrea feucht und nass mit Zunge, während ich Lenas Kopf streichelte. Die erwiderte meine Zärtlichkeit und griff nach meinem Penis, der sofort noch steifer wurde.

Lenas Zunge arbeitete gut, Andrea atmete lauter und kam heftig zum Orgasmus. Sie beherrschte sich, um nicht die Kinder mit ihren lauten Schreien zu wecken, also jaulte sie ins Kissen. Als sie sich beruhigt hatte, entdeckte sie Lenas Hand an meinem Dong und gesellte sich zu ihr rüber. Zu zweit beschäftigten sie sich nun mit meinem Penis, der hart wie eine Eiche war. Andrea blies zuerst, dann zog Lena nach. Lenas Lippen fühlten sich unglaublich gut an. Es törnte mich dermaßen an, ihr dabei zuzusehen, wie sie mich oral verwöhnte, dass ich mich beherrschen musste, nicht schon jetzt und in ihren Mund zu kommen.

Andrea übernahm und führte Lenas Kunst beherzt fort. Tief und intensiv blies sie mich, bis sich mein Sperma auf die Abschussrampe begab. Gerade, als sie Lena meinen Penis übergab, spritzte es aus mir heraus und erwischte Lenas Gesicht. Die zuckte erst einmal, griff aber fest zu und wichste schnell weiter, sodass ich keinen Gefühlsverlust erleiden musste. Andrea wollte unbedingt mitmachen und kraulte meine Eier dabei. Es war ein Hammerorgasmus, ich war so glücklich!

Die einzige, die noch nicht gekommen war, war Lena. Das musste sich ändern. Während Andrea sie küsste, kümmerte ich mich um Lenas Pussy. Zuerst mit den Fingern, dann mit dem Mund. Lena schmeckte einfach köstlich. Nun wollte auch Andrea lecken, also tauschten wir Plätze. Als ich spürte, dass Lena kurz vor ihrem Höhepunkt war, rutschte ich zu Andrea runter und leckte mit. Andrea an, auf und in ihrer Ritze, ich den Venushügel bis zur Klitoris. Lena kam wie ein Erdbeben. Das Bett wackelte und Lena keuchte ihre ganze Lust in die Decke, auf die sie biss.

Erschöpft, aber glücklich lagen wir uns zu dritt in den Armen und ruhten uns von den sexuellen Anstrengungen aus. „Das war megageil!", strahlte uns Lena an. „Ja, fand ich auch!", grinste Andrea mit. „Me too!", war mein Kommentar. Am nächsten Morgen musste ich wie gewöhnlich zur Arbeit.

Während ich mich mit einer blöden Produktion herumschlug, fuhren die Frauen mit den Kindern an den Starnberger See, mit Picknick und allem Drum und Dran. Am Abend waren die Jungs hundemüde und fielen früh ins Bett. „Zeit für uns!", grinste Lena und fing mit dem sündigen Spiel an. Die beiden Mädels tuschelten und schleppten mich ab. Ich sollte mich ausziehen und nackt aufs Bett legen. Aha, Augenbinde! Und jetzt? Ich spürte, wie ein Kondom über meinen Penis gezogen wurde und dann eine saftige Pussy auf mir Platz nahm. Es war Andrea, das spürte ich sofort. Ihre Pussy würde ich unter Tausenden erkennen.

Sie ritt mich etwa 2 Minuten, dann stieg sie von mir ab und eine andere Pussy nahm auf mir Platz. Es war Lenas. Lena ritt mich ebenfalls etwa 2 Minuten, dann tauschten die beiden wieder. Ich hörte Getuschel und Kichern. Was hatten sie vor? Ich hatte keine Ahnung, nur merkte ich, dass die Reitintervalle nun deutlich kürzer wurden. Vielleicht 1 Minute jeweils. Ich wusste kaum noch, wer auf mir drauf war, so schnell ging das alles. Irgendwann überschritt ich den Punkt, ab dem es kein Zurück mehr gibt, und kam brutal ins Kondom.

Als es fertig war, schob ich die Augenbinde beiseite und sah Lenas kleinen Körper auf mir knien. Sie war es, die mich zum Orgasmus geritten hatte. Arme Andrea, hoffentlich verkraftet sie das und macht mir keine Szene, dachte ich, aber Andrea war locker drauf, sie schien damit kein Problem zu haben. „Es war eine Wette", erklärte mir Lena das seltsame Spiel. „Wir haben uns auf der Uhr immer genau 60 Sekunden gegeben, dann war Wechsel. Wir wollten sehen, in wem Du kommst. Ich habe die Wette gewonnen, meinen Wetteinsatz bitte!"

„Um was habt Ihr gewettet?", fragte ich Andrea. „Ich wollte auch von Euch beiden geleckt werden, aber jetzt kommt Lena erneut in diesen Genuss." „Keine Sorge, Süße", flötete Lena, „danach kommst Du auf Deine Kosten, dann verwöhnen wir Dich genauso, versprochen!" Andrea strahlte und küsste Lena zum Dank die Lippen wund. Lena bekam ihre Belohnung. Während Andrea ihre Brüste einsaugte, kümmerte ich mich technisch versiert um Lenas süße Muschi.

Meine Zunge arbeitete gut, meine Hände rubbelten ihre Clit heiß. Andrea leistete mir Gesellschaft und beschäftigte sich nun ebenfalls mit Lenas Öffnungen, der vaginalen und auch der analen. Krass. Das hätte ich nie von ihr gedacht. Ganz schön versaut, meine Frau.

Lena kreischte ins Kissen, als sie kam. Sie kam zweimal hintereinander, so heftig waren die Liebkosungen, die Andrea und ich ihr schenkten. Glücklich umarmte sie uns und sackte dann wieder erschöpft aufs Bett zurück. „Jetzt ich, jetzt ich!", flehte Andrea uns an und schob Lena vorsichtig, aber geil beiseite. Wir erfüllten ihr den Wunsch. Während ich mit meiner Frau knutschte, küsste Lena sanft und zärtlich ihren Körper von oben bis unten. Als sie Andreas Pussy berührte, biss die mir vor Aufregung fast die Lippe ab. Autsch!

Nur 3 Minuten später war es soweit: Andrea keuchte mir immer heftiger in den Mund und stöhnte ihre Lustgefühle in meinen Rachen hinein. Zufrieden war ich noch nicht: Auch sie sollte multipel kommen! Ich kroch zu Lena runter und gab ihr das Zeichen, dass Andrea noch nicht fertig sei. Doppellecken war angesagt. Dabei berührten sich unsere Zungen zwangsweise spielerisch, und das törnte mich dermaßen an, dass ich mir ein bisschen Knutschen mit Lena nicht verkneifen konnte. Andrea bekam von alledem nichts mit, sie hatte ihre Augen geschlossen und fuhr Achterbahn.

Sie kam zum zweiten Mal. Es war noch heftiger als das erste Mal. Ihre Muschi zuckte wie ein unter Strom gesetzter Hase und pulsierte im Heavy-Metal-Rhythmus. „Oh mein Gott!", stöhnte sie benommen und brauchte ganze 2 Minuten, ehe sie wieder ansprechbar war. „Das war der absolute Hammer! Geil! Danke!", jubelte sie uns zu und drückte uns fest an ihre Brüste.

Dieses sündige, aber megageile Spiel trieben wir noch 2 Abende und Nächte, bis Lena leider wieder nach Hause fahren musste. Höhepunkt war der letzte Abend, an dem ich das Spektakel filmte. Die beiden zu fragen, traute ich mich nicht, also benutzte ich eine knopfkleine Linse, so wie sie Privatdetektive einsetzen. Diese platzierte ich unauffällig im Raum, wo sie von keiner Teilnehmerin erkannt werden konnte.

Andrea wusste nichts von dieser Knopfkamera, die ich mir ein paar Monate zuvor fürs Business zugelegt hatte, aber privat kann man die auch gut gebrauchen.

Die Aufnahme dauerte 90 Minuten und zählt bis heute zu den meist gehüteten Schätzen meines Lebens. Zuerst bliesen mir beide einen. Lena und Andrea saugten und wichsten so lange an meinem Schwanz herum, bis ich explodierte. Es war ein Hammerorgasmus! Danach leckte ich beide Mädels zu ihren Orgasmen. Sie lagen nebeneinander auf dem Bett und ich kümmerte mich abwechselnd um sie. Das war geil! Nun war Ficken angesagt. Zuerst mit Lena, dann mit Andrea, ich der ich kam. Während ich pausierte, leckte Andrea ihre Freundin über den Rand des Wahnsinns hinaus.

Zu guter Letzt gab es einen Double Blowjob für mich. Ich kam in Lenas Mund, und die schluckte meinen Samen, als wäre es Cola. Als die beiden Mädels im Bad waren, beendete ich die Aufnahme und ließ das Aufnahmemedium verschwinden. Lena fuhr am nächsten Morgen zurück in die Schweiz und versprach, bald wieder wiederzukommen.

Familienzuwachs

Andrea, John Paul und mir ging es gut, als Familie, als ein Konstrukt der Liebe. John Paul hatte sich die ersten Jahre seines Lebens gut entwickelt und machte Tag für Tag enorme Fortschritte. Er gab und gibt uns so viel Freude, wenn er uns anlächelt und bei uns ist. Ein Leben ohne John Paul ist für uns undenkbar geworden.

Andreas Wunsch nach einem Geschwisterchen für John Paul wurde immer größer. „Du, lass uns unsere Familie erweitern", bat sie mich mit großen Augen. Was gab es da dagegen einzuwenden? Nichts. Im Gegenteil: Auch ich wünschte mir ein zweites Kind mit Andrea, um unsere Liebe weiter zu stärken, uns noch enger aneinander zu binden und John Paul die Rolle eines älteren Bruders zu schenken.

Andrea ließ die Pille weg und wir vögelten uns das Hirn raus, mit der Absicht, aus dieser intensiven Liebe ein temperamentvolles Kind zu kreieren. Auch der Sex für John Paul war heftig und wild gewesen, dafür haben wir auch ein waches und aktives Kind bekommen.

Paar Wochen später, ich kam von der Arbeit nach Hause, fiel mir Andrea überglücklich in die Arme und verkündete die frohe Botschaft: „Schatz, Du wirst zum zweiten Mal Papa! Ich bin schwanger!" Tränen der Freude flossen über mein Gesicht, ich drückte Andrea ganz fest an mich und konnte sie nicht mehr loslassen, aber das wollte ich auch gar nicht. Wir feierten die halbe Nacht durch und überlegten uns Namen für beide möglichen Geschlechter. Irgendwann bei Madelaine schliefen wir ein.

Ehestreit / Wendy

Bei einem meiner klassischen Abenteuer hatte ich einen blöden Fehler begangen, der 3 Tage lang für Funkstille zwischen mir und Andrea sorgte. Ich hatte ein 2-wöchiges Techtelmechtel mit einer 20-jährigen Praktikantin, die keine Pille nahm, also verhüteten wir mit Kondom. Sie hieß Wendy und war ein durchgeknalltes kleines Ding aus Ebersberg. Äußerst zart und schlank, dafür formschöne Titten und einen sexy Knackarsch in der Hose. Sie musste ich haben!

Wendy hatte schulterlange, lockige und pechschwarze Haare und blonde Augenbrauen – ein interessanter Kontrast. Ihr Lächeln konnte Berge versetzen. So hatte sie mich auch direkt am ersten Tag angeflirtet und herumgekriegt. Nach der Arbeit fuhren wir zu ihr und trieben es wild und schamlos. Ihr kleiner Körper konnte einiges ab und verkraftete selbst meine härtesten Stöße, als wären sie weich wie Butter. Die nächsten Tage dasselbe Spiel.

Wendy konnte unheimlich gut blasen, sie vollzog eine Technik, wie ich sie so noch nie erlebt hatte: Sie nahm meine Penisspitze bis zur Eichel in den Mund und lutschte verdammt schnell daran. Dann plötzlich verschluckte sie meinen Penis bis zur Wurzel, dies machte sie ganz langsam. Dann wieder zurück und die schnellen Saugbewegungen an der Eichel. Ihre Hände setzte sie dabei recht spärlich ein.

Mit dieser Technik trieb sie mich schier in den Irrsinn und bescherte mir extravagante Orgasmen der Sonderklasse. Ficken konnte sie auch verdammt gut. Sie konnte nicht nur einstecken, sondern auch dominieren. Wenn sie auf mir ritt, war das wilder als ein Rodeo im wildesten Westen. Ihre Muschi war eng und nahm meinen Schwanz gierig und griffest auf.

Ein weiterer Vorteil war: Sie ließ sich gerne bespritzen. Am Schluss durfte ich ihr ins Gesicht kommen. Dabei wichste sie – mal langsam, mal schnell – meinen Penis ein paar Zentimeter vor ihrem Gesicht zu Ende und nahm meine Spermaladungen leidenschaftlich auf. Sie war ein wunderschönes Feierabendgeschenk, das ich 2 Wochen lang Abend für Abend hatte.

Von meiner Ehefrau wusste sie, das war kein Problem für sie, sie war pflegeleicht und machte keinen Stress. Problem kam, als Andrea 1 Kondom in meiner Sakkotasche fand, wo wir doch seit Jahren keine mehr verwenden.

„Schatz, was ist das?", fragte sie mich vorwurfsvoll mit dem verpackten Gummi in der Hand. Ich schaute hin und mich traf fast der Schlag. „Sieht aus wie ein Kondom", stellte ich trocken fest. „Das ist ein Kondom! Wie kommt das in Deine Tasche?!" „Weiß ich nicht", stellte ich mich dumm und zuckte mit den Achseln. Dann drehte Andrea durch: „Betrügst Du mich etwa?! Bin ich Dir nicht mehr gut genug, oder was? Jetzt, wo ich schwanger bin, suchst Du Dir Deinen Spaß woanders, oder wie?!" Ich versuchte sie zu beruhigen, doch das war in ihrer aufgebrachten Stimmung nicht möglich. „Fass mich nicht an! Lass mich in Ruhe!", fauchte sie und zog sich ins Schlafzimmer zurück.

Der arme John Paul war durch Andreas Getöse wach geworden und wankte müde auf mich zu. „Papa …". „Ist schon gut, mein Prinz", kümmerte ich mich um ihn und brachte ihn wieder auf sein Zimmer, wo ich ihn mit einer Gutenacht-Geschichte einschläferte. Schnell überlegte ich mir eine Ausrede bezüglich des Kondom-Funds und betrat unser Schlafzimmer, wo Andrea heulend auf dem Bett lag und das Kopfkissen einnässte. „Schatz, lass uns vernünftig reden", begann ich mein Plädoyer, „ich schwöre Dir, ich weiß nicht, woher das Kondom stammt. Ich habe nichts mit einer anderen Frau und bin Dir seitdem wir zusammen sind immer treu gewesen. Das weißt Du. Du bist die Frau meines Lebens und ich liebe nur Dich!"

Andrea schluchzte weiter und beachtete mich nicht. Ich fuhr fort: „Ich weiß wirklich nicht, woher dieses Kondom kommt, vielleicht hat sich ein Kollege einen Scherz erlaubt, glaube mir, ich bin genauso schockiert wie Du." „Deine Ausreden interessieren mich nicht die Bohne!", brüllte mich Andrea wütend an. „Liefere mir einen Beweis, dass Du damit nichts zu tun hast, so lange werde ich kein Wort mit Dir sprechen! So! Du schläfst auf dem Sofa im Wohnzimmer! Lass mich jetzt!" Ich hatte keine Chance, vernünftig mit ihr zu reden.

Ich zog mich zurück und überlegte, wie ich mich aus diesem Schlamassel befreien konnte. Am nächsten Tag erzählte ich Wendy von dem Vorfall, die damit aber nichts zu tun haben wollte: „Wir beide haben unseren Spaß, aber ich werde nicht meinen Kopf für Dich hinhalten und mich bei Deiner Frau für irgendeinen Scherz entschuldigen. Das mache ich nicht."

Naja, ich konnte ihre Seite verstehen, also musste ein anderes „Opfer" her. Meinen Kollegen wollte ich keinen reinen Wein einschenken, also musste ein anderer daran glauben. Verzweifelt sprach ich einen jungen Mann auf dem Firmengelände an und bat ihn um 2 Minuten. Ich erklärte ihm die Situation und versprach ihm 400 € in cash, wenn er für mich lügen würde. Er schlug ein und wir hatten einen Deal.

Es war der dritte Tag, an dem Andrea auf Abstand ging und mich brutal ignorierte. Sie tat mir unendlich leid, hatte ich sie nach all den Jahren mit meiner Hurerei doch noch verletzt und stand nun vor einem möglichen Trümmerhaufen unserer Beziehung. Ich nahm all meinen Mut zusammen und eröffnete das Gespräch:

„Schatz, ich weiß jetzt, woher dieses Kondom stammt. Stell Dir vor, ein junger Kollege hat am Dienstag versehentlich unsere Sakkos vertauscht, weil sie so ähnlich sind, und hatte dann für einige Minuten meines an, ehe er bemerkte, dass es das Falsche war. Am Abend wollte er mit einem Mädchen schlafen, fand aber das Kondom nicht, das er davor in der Sakkotasche platziert und dort vergessen hatte. Und das war mein Sakko. Ist schon krass, oder? Und Du dachtest, es sei von mir. Jetzt ist das Rätsel gelöst und meine Unschuld bewiesen."

„Das kann ja jeder behaupten!", ging Andrea auf mich los. „Diese Geschichte hast Du Dir gut ausgedacht. Glaubst Du, ich falle darauf rein?" „Du kannst Karl gerne anrufen, er wird es Dir bestätigen. Hier!" Ich drückte ihr Zettel mit Karls Handynummer in die Hand und wartete ab. Andrea schien überrascht zu sein. Sie blickte auf den Zettel, dann mir ins Gesicht, dann griff sie nach ihrem Handy und wählte die Nummer.

Auf Karl war Gott sei Dank Verlass. Er erzählte Andrea von seinem „Fauxpas" und entschuldigte sich höflich mehrfach bei ihr für eventuelle Unannehmlichkeiten, die ihr und uns dadurch entstanden sein könnten. Andrea glaubte ihm, sie wurde während des Gespräches immer ruhiger und blickte mich immer reumütiger an. Sie bedankte sich bei Karl für seine Ehrlichkeit, verabschiedete sich nett bei ihm und legte auf. Ich war gespannt wie ein Flitzebogen.

„Schatz, es tut mir leid", brach sie in Tränen aus, „dass ich Dir nicht geglaubt habe, Dir nicht vertraut habe, dass ich an Dir gezweifelt habe, dass ich Dir so schlimme Sachen unterstellt und Dich angebrüllt habe – bitte verzeihe mir! Ich war so schockiert, als ich das Kondom sah, da sind alle Sicherungen bei mir durchgeknallt!"

Ich nahm mein Schatzimäuschen fest in den Arm und drückte sie an mich. „Ich verzeihe Dir, Andrea, aber es hat mich tief getroffen, was Du mir da alles unterstellt hast, und wie Du es getan hast. Mich einfach anzubrüllen und mir keine Chance auf Rechtfertigung zu geben, hat mich wahnsinnig enttäuscht und traurig gemacht. Nach so vielen Jahren, die wir uns kennen, hätte ich erwartet, dass Du mich besser und vor allem richtiger einschätzt und mir nicht so einen Blödsinn zutraust."

Andrea schluchzte nun am Limit, doch ich fuhr gnadenlos fort: „Du hast mir Untreue und Betrug vorgeworfen, hast mich 3 Tage schmoren und leiden lassen, hast viel Vertrauen zerstört – das braucht Zeit, bis ich dieses Fehlverhalten vergessen kann. Glaube mir, ein anderer Mann hätte Dich für diese gemeinen Unterstellungen verlassen. Aber ich bin nicht so. Ich weiß, dass Du mich liebst und dass das ein Schock für Dich war. Du hast die Kontrolle über Dich verloren und konntest nicht mehr objektiv urteilen. Jeder Mensch macht Fehler, deshalb verzeihe ich Dir. Außerdem zeigt mir Deine heftige Reaktion, wie sehr Du mich liebst und wie wichtig ich Dir bin."

Andrea heulte nun ganze Wasserfälle. „Ich bitte Dich, nicht noch einmal so unüberlegt zu handeln und mich dermaßen anzugreifen, sonst lässt Du mir kaum eine andere Wahl, als zu gehen. Und das will ich nicht, und Du auch nicht, oder?

Also bitte, reiße Dich zusammen, Du hast gesehen, es war ein blöder Zufall und alles hat sich aufgeklärt. Vertraue mir so wie ich Dir vertraue, und uns kann nichts trennen. Du weißt, ich liebe Dich und werde Dich immer lieben!"

Andrea entschuldigte sich tausendfach bei mir, doch ein wenig leiden lassen und bestrafen musste ich sie schon. Konsequenz war, dass ich ihr 4 Tage lang Sex entzog und es kein Kuscheln gab, zu verletzt war ich und gab ihr dadurch klar zu verstehen, dass ich solche Ausrutscher nicht toleriere. Andrea begriff den Ernst der Lage und tat alles Mögliche, um mich zu besänftigen.

Der Ehestreit war kurz und heftig gewesen, hatte sich dann aber schnell wieder gelegt und das Verhältnis zwischen mir und Andrea war wieder so gut wie immer.

Unser 2. Kind

Es war eine schwierige Geburt. Andreas Wehen waren heftig und unregelmäßig, immer wieder krümmte sie sich vor Schmerzen und winselte nach mir. Ich hatte mir extra 2 Wochen frei genommen, um bei ihr zu sein und sie bestmöglich zu unterstützen, körperlich sowie mental. Endlich war es soweit und Andrea spürte, dass das Baby heraus wollte. Die Schwestern und Ärzte kümmerten sich vorbildlich um uns und ich wich keine Sekunde von Andreas Seite. John Paul war derweil bei Andreas Eltern untergebracht, in besten Händen also.

Als ich den Kopf von Anna Lina erblickte, fiel ich vor Freude fast in Ohnmacht. Andrea kämpfte tapfer und drückte Anna Lina Stück für Stück raus, bis es flutschte und die Kleine komplett draußen war. Geschafft! Ich umarmte meine Frau und überreichte ihr unsere Tochter.

John Paul hatte nun ein kleines Schwesterchen. Als er Anna Lina zum ersten Mal sah, guckte er komisch und wusste nicht genau, was das für ihn zu bedeuten hat, aber mittlerweile sind die beiden ein Herz und eine Seele. Sie lieben und vertragen sich, John Paul passt immer auf seine kleine Schwester auf und hilft ihr, wo er kann. Andrea ist eine wirklich tolle Mutter und erzieht die beiden bestens. Wir sind eine überaus glückliche Familie!

10 Jahre Liebe / Abschlusswort

Ich bin verheiratet mit meiner Traumfrau, habe 2 tolle Kinder, John Paul und Anna Lina, einen tollen Job, verdiene viel Geld und bin gesund. Mein Chef wird nächstes Jahr in Rente gehen und möchte mich zu seinem Nachfolger bestimmen.

10 Jahre kennen und lieben Andrea und ich uns schon. Ich kann mir keine bessere Frau an meiner Seite vorstellen. Der Sex mit ihr ist immer noch gut und geil. Ihr Körper ist trotz der beiden Schwangerschaften sexy und nicht in ernsthafte Mitleidenschaft gezogen. Obwohl wir uns in- und auswendig kennen und ich genau weiß, was beim Sex mit ihr passiert, wie sie sich verhält, sich bewegt, wie sie bläst und wichst, wie sie kommt, ist es immer wieder schön, das zu erleben. Es verbindet uns eine unglaubliche Nähe und Vertrautheit. Sie ist die Frau, mit der ich alt werden will.

Nebenher brauche ich aber mein Leben als Womanizer und Casanova. Frischfleisch hält mich jung, fit, attraktiv und dynamisch. Am liebsten habe ich die jungen Mädels, die von 18 bis 22, die im Bett alles tun, was ich will. Schlampen halt. Aber auch die Mädels von 23 bis 29 sind mir genehm. Die sind schon deutlich erfahrener und kennen paar Tricks mehr als die kleinen Küken.

Frauen von 30 bis 35 sind auch noch okay, aber bei Ü-35 hört es dann in der Regel auf. Ein paar Hübsche sind da zwar noch dabei, aber der Rest ist verblüht und reizt mich nicht. Diese Baracken sind meiner nicht wert: zu viele Falten, Fettpölsterchen, Alterungserscheinungen, leblose Augen, Cellulite, wabbeliger Po, fette Oberschenkel … Die Mängelliste ist lang. Ich bin nur das Beste gewohnt, das ist mir gerade gut genug.

Ich werde so weitermachen wie bisher, ich bin zu geschickt, zu intelligent, zu tricky, um aufzufliegen. Mein geiles und zügelloses Doppelleben gibt mir Energie und das Lebensgefühl, das ich brauche, um glücklich zu sein. Für mich steht fest: (M)EINE FRAU IST NICHT GENUG!

Buch-Tipps vom Womanizer

1)
The Womanizer
Ich, der Fremdgeher 1
Die Abenteuer des Womanizers

Sex, Erotik, Liebe, Lust und Leidenschaft – dies ist die spannende Geschichte, die Autobiografie des Womanizers, eines Mannes, der seinem Leben keine Grenzen setzt und sich alle sexuellen Wünsche und Träume erfüllt.

Obwohl er glücklich in einer Beziehung mit seiner Freundin Andrea ist, die er über alles liebt, gönnt er sich alle Freiheiten, um das zu genießen, wovon andere Männer träumen. Er erlebt fantastische Abenteuer ebenso wie böse Reinfälle, heiße Affären, Sex mit 3 Frauen gleichzeitig, Erpressung, Glück und Leid in Beziehung und One Night Stands.

Erfahren Sie mehr über den Mann hinter der Maske und sein Leben. Fantasien werden Wirklichkeit. Wünsche wahr.

Ich, der Fremdgeher 1 ist ein hochexplosives und spannendes Werk, das den Leser fesselt, anregt und erregt. 63 Kapitel voller Sex, Lust und Leidenschaft. 200 Seiten pure Erotik.

Doch auch Schuld und Moral spielen eine Rolle. Immer wieder hinterfragt er sein schändliches Treiben und will seiner Freundin treu bleiben, doch die Lust ist zu groß und die weiblichen Reize sind zu stark ... und so stürzt er sich in das nächste Abenteuer.

Ein Buch, über das Sie noch lange sprechen werden!

ISBN 978-3-8423-2186-1
Books on Demand

Buch-Tipps vom Womanizer

2)
The Womanizer
Ich, der Fremdgeher 2
Neue Abenteuer des Womanizers

Dies ist Teil 2, die prickelnde Fortsetzung der spannenden Lebensgeschichte des Womanizers, eines Mannes, der seinem Dasein keinerlei Grenzen setzt und sich alle sexuellen Wünsche und Träume erfüllt.

Obwohl er mittlerweile glücklich verheiratet und stolzer Vater eines Sohnes ist, gönnt er sich alle Freiheiten, um das zu genießen, wovon andere Männer nur träumen. Er erlebt fantastische Abenteuer ebenso wie böse Reinfälle, heiße Affären, Glück und Leid in Beziehung und One Night Stands.

Erfahren Sie alles über den Mann hinter der Maske und sein geniales Leben. Fantasien werden Wirklichkeit. Wünsche wahr.

Ich, der Fremdgeher 2 ist ein hochexplosives und reizvolles Werk, das den Leser fesselt, anregt und erregt. 35 Kapitel voller Sex, Liebe und Leidenschaft, 200 Seiten pure Erotik, das ist die fantastische Welt des Womanizers. Doch auch Schuld und Moral spielen eine Rolle. Immer wieder hinterfragt er sein schändliches Treiben und will seiner Frau treu bleiben, doch die Lust ist zu groß und die weiblichen Reize sind zu stark ... und so stürzt er sich in das nächste Abenteuer.

Die geniale Fortsetzung von Ich, der Fremdgeher 1. Ein Buch, das Sie nicht mehr loslassen wird, denn tief in Ihnen stecken auch der Trieb, die Lust, die Gier auf Erfüllung aller Ihrer sexuellen Wünsche und Fantasien.

ISBN 978-3-8448-7446-4
Books on Demand

Buch-Tipps vom Womanizer

3)
The Womanizer
Ich, der Fremdgeher 3
Neue Abenteuer des Womanizers

Dies ist Teil 3, der prickelnde Abschluss der Trilogie über das einzigartige Leben und Wirken des Womanizers, eines Mannes, der sich, trotz hübscher Ehefrau und zweier wundervoller Kinder, außertourlich alle seine sexuellen Wünsche und Träume erfüllt. Dabei erlebt er das, wovon andere Männer nur träumen.

Diesmal u.a.: Sex mit den blutjungen Animateurinnen Grit und Hanna, spannende Abenteuer in der Glory Hole Bar, eine heiße Romanze mit PR-Marketing-Lady Ella, der fantastische Vierer mit den US-Girls Chloe, Madison und Stella, Kindermädchen Magdalena auf Extratour, Erotikmassagen der göttlichen Luisa, Jugenderinnerungen an Raliza, Techtelmechtel mit Praktikantin Aiko, Reinfall mit Frauke, Oh Julia, Andreas geheime Kiste, Ü-50erin Sabrina, Playboy-Lifestyle mit den Hostessen Torrie und Whitney, die scharfe Kerstin u.v.m.

„Ich, der Fremdgeher 3" ist ein hochexplosives und reizvolles Werk, das den Leser fesselt, anregt und erregt. 34 Kapitel voller Sex, Liebe und Leidenschaft, 200 Seiten pure Erotik, das ist die extravagante Welt des Womanizers.

Die geile Fortsetzung von Ich, der Fremdgeher 1 & 2. Ein Buch, das Sie nicht mehr loslassen wird, denn tief in Ihnen stecken auch der Trieb, die Lust, die Gier auf Erfüllung aller Ihrer sexuellen Fantasien.

ISBN 978-3-7460-1524-8
Books on Demand

Buch-Tipps vom Womanizer

4)
The Womanizer
Sex Bomb
100 Tricks, Frauen ins Bett zu bekommen

DER PLAYBOY TRICK * DER PIANIST TRICK * DER FEUERWEHRMANN TRICK * DER BABYSITTER TRICK * DER 6 RICHTIGE IM LOTTO TRICK * DER BILLARD TRICK * DER MAGISCHE ZETTEL TRICK * DER KINO TRICK * DER HUNDEHALTER TRICK * DER ROTE ROSEN TRICK * DER BARMANN TRICK * DER ZAUBER TRICK * DER CHEFREDAKTEUR TRICK * DER JUNG-FRAU TRICK * DER SPIONAGE TRICK * DER SCHLITTSCHUHLÄUFER TRICK * DER PORNODARSTELLER TRICK * DER MASSEUR TRICK * DER VERFLOS-SENEN TRICK * DER SCARY MOVIE TRICK * DER BUCHAUTOR TRICK * DER FUSSBALLSPIELER TRICK * DER BLIND DATE TRICK * DER KOLLEGIN TRICK * DER FOTOGRAF TRICK * DER GIPS TRICK * DER KONZERT TRICK * DER WETTE TRICK * DER REPORTER TRICK * DER SAUNA TRICK * DER KAMASUTRA TRICK * DER CHARLIE SHEEN TRICK * DER SCHLANGEN TRICK * DER WETTBEWERB TRICK * DER AMATEURPORNO TRICK * DER RESTAURANT CHEF TRICK * DER GEBURTSTAGSPARTY TRICK * DER UM-ZIEH TRICK * DER SCHÖNE FRAU TRICK * DER SHOPPING TRICK * DER CALLBOY TRICK * DER XXL-KONDOM TRICK * DER EBAY TRICK * DER EBAY DELUXE TRICK * DER BETTENKAUF TRICK * DER POKER TRICK * DER ANNA TRICK * DER MASKENBALL TRICK * DER EINKAUFS TRICK * DER EX ONE NIGHT STAND TRICK * DER DJ KUMPEL TRICK * DER POR-SCHE TRICK * DER BORDELL CASTING TRICK * DER BORDELL CASTING DELUXE TRICK * DER SEXSHOP TRICK * DER STILLE TRICK * DER E-MAIL TRICK * DER FACEBOOK PARTY TRICK * DER JOGGER TRICK * DER THER-MEN TRICK * DER ROBINSON CLUB CAMYUVA TRICK * DER 25 ZENTIME-TER TRICK * DER SALTO TRICK * DER TRAUM TRICK * DER COACHING FÜR SINGLES BUCH TRICK * DER 5 DVDS ZUR AUSWAHL TRICK * DER STRAPSE TRICK * DER MASSAGEKURS TRICK * DER VISITENKARTEN TRICK * DER WITZE TRICK * DER TAGEBUCH TRICK * DER VIBRATOR TRICK * DER SPIRITUELLE TRICK * DER TANZ TRICK * DER WELTREKORD TRICK * DER POLEN TRICK * DER 10 MINUTEN TRICK * DER VERLASSE-NEN TRICK * DER PFIFFIGE TRICK * DER SCHLAF MIT MIR TRICK * DER SCHAUSPIELFREUNDIN TRICK * DER GANZKÖRPERMASSAGE TRICK * DER FLOATING TRICK * DER ZUCKERWATTE TRICK * DER BUTLER TRICK * DER KÄLTE TRICK * DER PROMIFOTO TRICK * DER STEWARDESS TRICK * DER RETROSPEKTIVE TRICK * DER KUMPEL TRICK * DER CHEF TRICK * DER KAJAK TRICK * DER SCHWESTER TRICK * DER WEIHNACHTSMANN TRICK * DER PUTZFRAU TRICK * DER GESCHENK TRICK * DER SPRICH MICH AN TRICK * DER SADOMASO TRICK * DER ZAHLEN TRICK * DER SPEED-DATING TRICK

ISBN 978-3-8448-0574-1
Books on Demand

MORE TO COME!